Enid Blyton • Rätsel um den geheimen Hafen

Im Jahre 1997 wäre Enid Blyton 100 Jahre alt geworden. Sie liebte Kinder über alles, und offenbar spüren diese das, denn sonst hätten es ihre Bücher niemals zu einem solch einmaligen und immer noch andauernden Erfolg bringen können. Als sie 1968 starb, hinterließ sie ein Werk von 700 Büchern, auch viele Lieder, Gedichte und Theaterstücke. Ihre Bücher sind in 30 Sprachen übersetzt worden, und noch heute werden jedes Jahr weltweit etwa achteinhalb Millionen Exemplare verkauft. Es gibt wohl kaum einen Schriftsteller, der größeren Einfluß auf das Kinderbuch der Nachkriegszeit hatte. »Eine Kindheit ohne Enid Blyton ist seit Jahrzehnten undenkbar« schrieb die Süddeutsche Zeitung am 27. September 1995.

Von Enid Blyton sind bei C. Bertelsmann folgende Reihen erschienen: »Fünf Freunde«, »Die schwarze 7«, die »Rätsel«-Reihe, »Die verwegenen 4« und »Lissy im Internat«.

**DIE
SERIE** Wer kennt es nicht, dieses herrliche Gefühl, wenn die Ferien endlich beginnen? Stubs, Dina, Robert und Barny, die Freunde aus der »Rätsel«-Reihe, können es jedesmal kaum erwarten, sich wieder zu treffen. Ob Oster-, Sommer-, Herbst- oder Weihnachtsferien – ihnen ist nicht nach Faulenzen zumute, denn aufregende, spannende und manchmal auch komische Abenteuer sind zu jeder Jahreszeit zu bestehen.

Enid Blyton

Rätsel um
den geheimen
Hafen

97 - 254

Stubs ist der unternehmungslustige Vetter
der Geschwister Dina und Robert

Ohne **Dina**, Roberts Schwester,
wären die Jungen aufgeschmissen

Miranda, das Äffchen,
ist bei jedem Abenteuer
dabei

Lümmel macht seinem Namen alle
Ehre - und doch ist er ein treuer Freund

Gemeinsam lösen wir jedes Rätsel

Zusammen mit **Barny** gehen die Freunde durch dick und dünn

Die Katze namens **Sardine** trägt ihren Namen aufgrund ihrer Lieblingsspeise

Robert ist ständig auf dem Sprung

Band 20191

Der Taschenbuchverlag
für Kinder und Jugendliche
von C. Bertelsmann,
München

Die Rätsel-Serie bei OMNIBUS:
Band 1–7 (siehe Anzeige)

Umwelthinweis:
Dieses Buch wurde auf chlorfrei gebleichtem Papier
gedruckt.

Genehmigte Taschenbuchausgabe November 1995
Die Originalausgabe erschien unter dem Titel »The
Rugamuffin Mystery« bei Collins, London-Glasgow
© Darell Waters Ltd., London
Illustrationen von Gilbert Dunlop
Aus dem Englischen übersetzt und bearbeitet von
Ilse Winkler-Hoffmann
© für die deutsche Übersetzung
C. Bertelsmann Verlag GmbH, München
Als Taschenbuch erstmals erschienen bei
C. Bertelsmann März 1995
Alle deutschsprachigen Rechte vorbehalten durch
C. Bertelsmann Verlag GmbH, München
Umschlagbild: Charlotte Panowsky
Umschlagkonzeption: Klaus Renner
Herstellung: Peter Papenbrok
Druck: Presse-Druck Augsburg
ISBN 3-570-20191-0
Printed in Germany

10 9 8 7 6 5 4 3 2 1

I

Amerika, eine Insel des Friedens

»Stubs, sagte ich dir nicht, du solltest Lümmel anbinden?«

Stubs schoß wie ein geölter Blitz die Treppe herunter. »Aber, Tante Susanne, das habe ich doch getan. Hat er sich schon wieder losgerissen? Hat er schon wieder Dummheiten gemacht?« Lümmel, der schwarze Spaniel, saß hechelnd, mit weit heraushängender Zunge, mitten auf einer zerrissenen Zeitung, umgeben von Papierfetzen, und sah genauso aus, als lache er.

»Das war einmal deines Onkels Morgenlektüre«, sagte Tante Susanne vorwurfsvoll, »und er hat sie noch nicht einmal gesehen.

Du weißt, ich habe noch viel für die Reise vorzubereiten. Ich kann dieses Untier auf keinen Fall hier gebrauchen. Also, richte dich danach und achte auf ihn!«

»Mutter, ich werde ihn in meinem Zimmer einsperren«, rief Dina und schwenkte einen großen Strauß Gladiolen, den sie gerade im Garten gepflückt hatte. »Ich schließe einfach ab, dann ist er sicher.«

»Er ist sicher«, lachte die Mutter, »aber in deinem Zimmer dann nichts mehr vor ihm! Nun, macht, was ihr wollt, die Hauptsache ist, ihr schafft ihn mir aus dem Weg. Wenn er uns dauernd stört, werden Vater und ich bis zum Nachmittag auf keinen Fall fertig.«

Die Lyntons waren im Begriff, eine Reise nach Amerika anzutreten. Währenddessen sollten die drei Kinder und Lümmel mit Fräulein Pfeffer, Frau Lyntons alter Erzieherin, an die See fahren. Sie hatte die Kinder schon oft betreut, wenn die Eltern verreist waren.

Stubs war gestern erst angekommen, nachdem er die erste Woche der Ferien bei anderen Verwandten verbracht hatte. Doch bei den Lyntons fühlte er sich am glücklichsten, denn Tante Susanne ersetzte ihm in ihrer liebevollen Art die Mutter. Er bewunderte sie ebensosehr, wie er seinen Onkel Richard respektierte. Und das wollte bei Stubs etwas heißen!

Der Onkel allerdings bezeichnete seinen Neffen als eine wahre Landplage, womit er manchmal nicht ganz unrecht hatte.

Dina nahm Lümmel am Halsband und lief mit ihm hinauf. Oben, im Schatten verborgen, wartete schon Sardine, die Katze. Fauchend sprang sie den armen Hund an, der tat einen erschreckten Satz, und Dina wäre beinahe rücklings die Treppe heruntergestürzt. Sie stieß einen Schrei aus, und ihr Vater, der eben aus einer Tür trat, rief ärgerlich:

»Dieses Haus ist eine Irrenanstalt! Wo ist Fräulein Pfeffer? Kann sie nicht dafür sorgen, daß ihr alle still in einer Ecke bleibt, bis wir abgefahren sind? Wahrhaftig, Amerika wird mir wie eine Insel des Friedens erscheinen, nach diesem Durcheinander hier. Sobald ihr aus der Schule kommt, ist der Teufel los.«

»Ach, das sagst du immer«, lachte Dina und griff fester in Lümmels Halsband. »Und wenn wir wieder fort sind, vermißt du uns. Ich wollte, ihr würdet uns mitnehmen!«

»Das hätte gerade noch gefehlt! Das erste, was ihr tätet, wäre, über Bord zu fallen. Und Robert und Stubs würden den ganzen Tag im Maschinenraum hocken und nur zu den Mahlzeiten völlig verdreckt auftauchen!«

»Oh, Onkel, dürfen wir das wirklich?« schrie Stubs, der die Treppe heraufstürmte. »Es wäre einfach supertoll!«

Herr Lynton schüttelte den Kopf und starrte seinen Neffen an. »Wo hast du nur immer diese Ausdrücke her? Diese unmöglichen Ausdrücke!«

»Wetten, daß ein König manchmal auch ›supertoll‹ sagt? Ich glaube ...«

»Geh zur Seite«, unterbrach der Onkel ihn ungeduldig, »erst Dina mit dem Hund, und nun du mit deinem ewigen Unsinn. Außerdem bin ich überzeugt, daß Sardine, wie immer, irgendwo auf mich wartet, um es zu erleben, wie ich über sie stolpere. Dieses Haus ist ein Irrenhaus – ein Irrenhaus, sage ich!«

»Richard, Lieber, komm doch bitte herunter und hilf mir, die Koffer zu schließen. Sie stehen im Arbeitszimmer. Dort sind wir vor den Störenfrieden sicher.«

»Sie nennt uns Störenfriede!« entrüstete sich Stubs und beugte sich über das Geländer. »Hallo, Tante Susanne!«

Unten fiel eine Tür ins Schloß, Stubs gab es auf und half, den widerstrebenden Lümmel den Flur entlang in Dinas Schlafzimmer zu zerren.

Dort fanden sie Fräulein Pfeffer damit beschäftigt, Kleider aus dem Schrank zu nehmen, denn sie versuchte, schon ein wenig zu packen, solange Frau Lynton sie nicht brauchte.

»Hallo!« schrie Stubs, als habe er sie seit Wochen nicht gesehen, faßte sie um die Taille und preßte sie an sich, bis sie nach Luft schnappte.

»Hör auf! Hör auf!« rief das arme Fräulein Pfeffer außer Atem, und ihre Augen zwinkerten heftig hinter den dicken Brillengläsern. »Warum auf einmal so liebevoll? Was hast du nun schon wieder für Wünsche?«

»Keine«, sagte er gekränkt. »Ich freue mich bloß, daß Ferien sind. Wochenlang keine Schule, und morgen geht's los. Wohin fahren wir überhaupt? Alle hüllen sich in Schweigen.«

Robert rannte, die Arme voller Badezeug, herein. »Ach, da sind Sie ja, ich habe alles gefunden.«

Sie nickte ihm freundlich zu. »Vielen Dank. Leg die Sachen aufs Bett und sorge dafür, daß Lümmel nicht darangeht. Stubs, es wäre wohl am besten, du verschwändest mit ihm.«

»Er soll hier eingesperrt werden«, erklärte Stubs brummig.

»Das ist unmöglich, vollkommen unmöglich!« wehrte sich Fräulein Pfeffer entsetzt. »Ich habe zu tun und nicht die geringste Lust, mich mit diesem verrückten Tier einschließen zu lassen.«

»Er ist nicht verrückt. Lümmel, bist du verrückt?«

Lümmel warf sich sofort auf den Rücken, strampelte mit allen vieren in der Luft und schielte sein Herrchen mit wehmütigen, Anerkennung heischenden Blicken an.

»Radle nur davon«, ermunterte Fräulein Pfeffer ihn, »oder bleibe so liegen und strample meinetwegen den ganzen Vormittag, das stört mich nicht.«

»Mir hat immer noch niemand gesagt, wohin wir fahren«, begann Stubs von neuem, und seine Augen bekamen den gleichen wehmütigen Ausdruck wie die seines Hundes.

»Na, hör mal«, grinste Robert, »du bist doch gestern erst angekommen. Und wenn man bedenkt, daß du praktisch den ganzen Abend damit zugebracht hast, uns von dem Kricketspiel am letzten Sonnabend zu erzählen und uns jeden Schritt zu beschreiben, den du getan, und jeden, den du nicht getan hast, und was für Pullover ihr getragen habt und was für welche die Gegenpartei und was du getan hättest, wenn du ins Endspiel gekommen wärest, und was...«

»Werd bloß nicht komisch«, unterbrach Stubs ihn wütend. »Fräulein Pfeffer, sagen Sie mir doch endlich, wie die Sache nun morgen vor sich geht.«

»Also gut«, seufzte sie, »wir fahren sehr früh am Morgen ab, zuerst bis Woodlingham, steigen um in einen Bummelzug nach Rockypool und nehmen dann ein Taxi nach Rubadub. So, nun weißt du es, und nun höre auf zu fragen.«

»Rubadub?« rief Stubs. »Ein blödsinniger Name! So was gibt's doch gar nicht!«

»So was gibt es«, sagte Dina. »Du kannst dich auf der Karte davon überzeugen. Ich finde den Namen gar nicht so blödsinnig. Fräulein Pfeffer ist als kleines Mädchen da gewesen, nicht wahr, Fräulein Pfeffer?«

»Ja«, sagte sie und zog eine Kommodenschublade auf. »Dina, nimm deine Sachen und lege sie drüben auf das Bett. Ja, ich bin oft in Rubadub gewesen. Es war der hübscheste kleine Ort an der Küste, den man sich denken kann. Kein Kurbetrieb, nur wenige Häuser und ein einziges Gasthaus, und ihr werdet niemals erraten, wie es heißt.«

»Rubadubgasthaus?« fragte Robert.

»Nein, es heißt ›Drei Mann in einem Faß‹. Der Himmel mag wissen, wie es zu diesem ungewöhnlichen Namen gekommen ist. Übrigens gibt es ganz in der Nähe einen Strudel zwischen seltsam geformten Felsen. Der eine sieht aus wie ein Waschbrett, und unter ihm quirlt und brodelt und kocht das Wasser.«

»Wie in einem Waschfaß«, lachte Dina.

Fräulein Pfeffer nickte. »Genauso. Das Dorf hat seinen Namen von dem Strudel, nehme ich an. Er heißt nämlich Rubadubstrudel.«

»Klingt gut«, brummte Stubs anerkennend. »Klingt alles gut, besonders ›Drei Mann in einem Faß‹. Wohnen wir da?«

»Ja, das tun wir. Ich habe als kleines Mädchen auch dort gewohnt, und ich fand es sehr gemütlich. Meine Nichte besuchte es im letzten Jahr und lobte es so sehr, daß ich, als eure Mutter etwas Passendes für euch suchte, gleich daran dachte.«

»Ich freue mich!« sagte Dina. »Ich mag es gerne, wenn es keinen Kurbetrieb gibt, keine Promenade und Konzerte und so was.«

»O doch, jetzt gibt es das alles und noch viel mehr. Sogar einen riesigen Hafen der Kriegsmarine hinter dem Strudel. Neue Unterseeboote werden dort getestet.«

»Kriegsmarine!« schrie Stubs. »Ein Hafen der Kriegsmarine! Den muß ich mir ansehen!«

»Er ist geheim, Stubs, sogar streng geheim. Und gut bewacht, so gut, daß noch nicht einmal ein so neugieriger kleiner Junge wie du ihn besichtigen könnte. Schlag dir das nur aus dem Kopf.«

Frau Lynton rief aus der Diele: »Fräulein Pfeffer, können Sie mir bitte einen Augenblick helfen?«

»Ja«, rief sie zurück, legte einen Faltenrock über den Stuhl und eilte zur Tür hinaus.

»Klingt alles gut«, wiederholte Stubs und kraulte Lümmels weiches Fell. »Schade, daß Tante Susanne nicht mitfährt. Auf Onkel Richard kann ich zur Not noch verzichten. Früher oder später droht er mir doch mit einer Tracht Prügel.«

»Es bleibt leider immer nur bei den Drohungen«, kicherte Dina. »In den letzten Ferien waren es übrigens zwei. Das erste Mal wegen der Hausschuhe, die Lümmel zerfetzt hatte, und das zweite Mal, weil du frech warst.«

Stubs machte ein betrübtes Gesicht. »Frech«, murmelte er, »ich entsinne mich gar nicht mehr. Außerdem muß man bei Onkel Richard jedes Wort auf die Goldwaage legen. Er ist in dieser Beziehung etwas empfindlich.«

»Ich auch«, grinste Robert, »auch bei mir wäre es angebracht, jedes Wort auf die Goldwaage zu legen. Am besten, du fängst gleich damit an. Verflixt, Lümmel hat einen Badeanzug erwischt!«

In diesem Augenblick schlug der Gong, und die drei brachen in wildes Freudengeheul aus. »Mittagessen!« schrie Stubs. »Endlich! Ich dachte, wir bekämen heute überhaupt nichts. Los, Lümmel!«

Gleich darauf stürmten sie wie ein Ungewitter die Treppe hinunter. Und Herr Lynton stöhnte: »Ein Tollhaus! Wie glücklich werde ich sein, die ruhige, friedvolle Küste Amerikas zu erblicken!«

II

Wie man einen Koffer am besten befördert

Nach dem Essen fuhren Herr und Frau Lynton ab. Alles war
in bester Ordnung, das Gepäck für die ›Queen Elizabeth‹ zur
rechten Zeit aufgegeben worden und die Schiffskarten sicher in
Herrn Lyntons Brieftasche verwahrt.

Er verabschiedete sich lächelnd von Fräulein Pfeffer, drückte
ihr die Hand und sagte: »Achten Sie bitte darauf, daß die drei
nicht zuviel Unsinn treiben, und sorgen Sie dafür, soweit es Ihnen

möglich ist, daß Stubs sich einigermaßen normal benimmt. Wir schreiben sofort aus New York. Unsere Adressen wissen Sie, nicht wahr?«

»Ja, ja, natürlich. Ich hoffe, Sie haben eine gute Überfahrt. Und um die Kinder machen Sie sich keine Sorgen.«

»Und nur keine gefährlichen Unternehmungen«, bat Frau Lynton und umarmte ihre alte Erzieherin. »Sie wissen ja, sie haben eine Vorliebe für recht ungewöhnliche Dinge, besonders, wenn sie zusammen sind.«

»Auf Wiedersehen, Mutter, vergiß nicht zu schreiben!«

»Auf Wiedersehen, Tante Susanne, hoffentlich geratet ihr nicht in einen Sturm und werdet schiffbrüchig.«

»Auf Wiedersehen, Kinder. Es wird schon alles gut gehen.«

»Wo ist Lümmel?« fragte Stubs. »Er muß sich doch auch verabschieden. Verflixt, wo ist er denn? Lümmel, Lümmel, Lümmel!«

»Mach nicht solchen Lärm«, ermahnte Fräulein Pfeffer. »Ich habe ihn im Schlafzimmer eingeschlossen.«

Sie gingen zum Wagen, und plötzlich stieß Stubs einen Schrei aus. Er zeigte hinauf zu einem halbgeöffneten Fenster, durch das Lümmel sich gerade zu zwängen drohte.

»Er sagt ›Auf Wiedersehn‹!« schrie Stubs. »Los, Lümmel, bell!«

»Der Hund wird noch herausspringen«, sagte Herr Lynton und gab Gas. Er verspürte nicht die geringste Lust, das bevorstehende Unglück mit anzusehen.

Stubs aber raste die Treppe hinauf und konnte seinen Liebling gerade noch daran hindern, sich hinunterzustürzen. »Dieses Tier!« stöhnte Fräulein Pfeffer. »Dieses Tier! Ich möchte nur wissen, was die Wirtsleute in Rubadub zu ihm sagen werden. Sie erklärten sich zwar einverstanden mit seinem Kommen, aber sie kennen ihn ja nicht. Hat er immer noch die Angewohnheit, Bürsten und Matten zu verschleppen?«

»Immer noch«, lachte Dina, »und seitdem wir im Mai bei Ihrer Kusine waren, sammelt er auch noch Handtücher.«

»Das darf er dort natürlich nicht«, seufzte Fräulein Pfeffer, vor deren geistigem Auge bereits sämtliche Gäste erschienen, die dem Handtücher tragenden Lümmel nachjagten.

»Wie sollen wir ihm das austreiben? Er tut doch, was er will«, grinste Robert. »Er sitzt da, läßt die Zunge heraushängen, sieht aus, als ob er lacht, und trommelt mit dem Schwanz auf den Boden. Das macht Ihnen aber nichts aus, Sie mögen ihn trotzdem, nicht wahr?«

»Nun«, die alte Erzieherin lächelte und zwinkerte hinter ihren Brillengläsern, »manchmal bin ich im Zweifel. Doch jetzt müssen wir uns beeilen, wenn wir bis morgen fertig werden wollen. Ihr müßt mir wohl ein wenig beim Packen helfen.«

Lümmel kam die Treppe heruntergelaufen und wirkte sehr zufrieden mit sich, denn er hatte ausnahmsweise der Versuchung widerstanden, ein Handtuch oder eine Bürste mitzunehmen. Und hinter ihm her hüpfte Stubs.

»Wir gehen spazieren!« verkündete er.

»O nein«, widersprach Robert, »das tut ihr nicht! Du willst dich nur drücken, und wir sollen alles alleine machen. Das könnte dir so passen! Du wirst schön hierbleiben und dich betätigen!«

»Ich hätte gar nichts gegen einen kleinen Spaziergang einzuwenden«, sagte Fräulein Pfeffer hastig. Der Gedanke, die Arbeit ohne diese beiden Unruhestifter beenden zu könne, war zu verlockend. »Ein bißchen Bewegung wird Lümmel guttun«, setzte sie mit einem Zwinkern hinzu.

»Pah«, brummte Robert, »Stubs drückt sich immer.«

»Geh, mein Kind, aber sei zum Tee zurück.« Fräulein Pfeffer eilte davon, und Stubs verschwand aufatmend in Begleitung seines Lieblings.

Die anderen verbrachten einen arbeitsreichen Nachmittag. Zum Schluß beschriftete Dina sorgfältig ein Dutzend Anhängeschilder, und Robert verschloß den großen Koffer.

»Ich helfe euch, ihn hinunterzubringen«, erbot sich Fräulein

Pfeffer, »ich muß nur vorher noch Dinas Sandalen holen und sie in ihr Köfferchen legen.«

Aber Robert winkte ab. »Das lassen Sie nur meine Sorge sein.« Und im Vollgefühl seiner Kräfte zerrte er den Koffer bis zur Treppe, schob ihn über die erste Stufe und gab ihm einen tüchtigen Stoß.

Mit Donnergetöse polterte er in ständig größer werdender Geschwindigkeit hinunter. Sardine rannte um ihr Leben, denn sie hatte wie immer geduldig gewartet, daß jemand über sie fiele. Sie machte einen verzweifelten Luftsprung und sauste hinauf, geradewegs in Dinas Zimmer, aus dem in diesem Augenblick das arme Fräulein Pfeffer, weiß wie eine Wand, stürzte. Sardine schoß an ihr vorbei, landete mit gesträubtem Fell auf dem Bett, und Fräulein Pfeffer hetzte weiter. »Robert!« schrie sie. »Robert, ist dir etwas passiert?«

Unten in der Diele stand Marie, die Köchin, alarmiert von dem gewaltigen Lärm, und betrachtete mit in die Seite gestemmten Armen die Spuren, die der schwere Koffer auf ihrem blankgebohnerten Fußboden hinterlassen hatte.

»Koffer die Treppe 'runterzuschmeißen!« brummte sie kopfschüttelnd und ging zurück in die Küche.

»Warum seid ihr nur alle so aufgeregt?« fragte Robert erstaunt. »Er ist doch gut angekommen, direkt bis zur Eingangstür geschlittert. War doch eine prima Idee! Kein Heben, kein Schleppen, hat uns viel Mühe gespart.«

Fräulein Pfeffer warf ihm einen vernichtenden Blick zu und verschwand wieder in Dinas Zimmer, ohne auch nur ein Wort gesagt zu haben.

›Man darf sie nicht eine Minute alleine lassen‹, dachte sie, und ihr Herz schlug noch immer laut und wild. ›Wenn Robert nun auch noch so anfängt.‹

Ein wenig später kam Robert zögernd herein. »Es tut mir leid«, entschuldigte er sich, »ich hatte keine Ahnung, daß es so krachen würde. Lassen Sie mich das andere Gepäck hinuntertragen. Sie können sich dann etwas ausruhen.«

»Danke«, sagte Fräulein Pfeffer erfreut. Diese Art von kleinen Zwischenfällen durfte man wohl nicht zu tragisch nehmen. Im Grunde waren es doch gute Kinder. Trotzdem glaubte sie, auf eine Ermahnung nicht verzichten zu können. »Du bist schon zu groß für derartig unbedachte Handlungen, ein bißchen mehr Überlegung solltest du doch haben.«

»Nur keine Gardinenpredigten«, wehrte er düster ab. »Das besorgen andere schon zur Genüge, und Ihnen steht es gar nicht.«

Die alte Erzieherin lächelte und zwinkerte ein bißchen verlegen. Sie gab ihm einen kleinen Klaps, und er verschwand zufrieden grinsend. Er mochte sie gern und war ausgesprochen unglücklich, wenn sie einmal böse wurde.

Endlich hatten sie alle Vorbereitungen getroffen, und es war inzwischen Zeit geworden, Tee zu trinken. Stubs kam pünktlich zurück mit ungeheurem Appetit und einem müden Lümmel. Er lief schnurstracks zu Marie in die Küche.

»Mariechen, hast du zufällig wieder die gute Sandtorte gebacken, an die ich in jeder Schulstunde gedacht habe? Es ist überhaupt das einzige, woran ich dort denke.«

»Ach du«, sagte sie, ging in die Speisekammer und öffnete eine riesige Dose. Stubs betrachtete genießerisch den verheißungsvoll duftenden Inhalt und umarmte sie stürmisch.

»Du bist die Beste!« rief er. »Es macht dir doch nichts aus, wenn wir alles aufessen? Eigentlich ist es auch nur ein Kompliment, wenn wir nichts übriglassen.«

»Ach, du«, sagte Marie wieder, »du versteckst es.«

»Bei meinem ständigen Hunger ist das auch nötig«, grinste er. Marie griff nach einer Bratpfanne, schwang sie und jagte ihn lachend davon. Ja, er verstand es! Frau Lynton behauptete übrigens, seine Gegenwart sporne die Köchin zu ungeahnten Leistungen im Kuchenbacken an.

»Komm nur wieder her«, rief die Köchin jetzt, während sie anfing, die Sandtorte aufzuschneiden. »Du kannst sie gleich mitnehmen. Weißt du, was dein Vetter sich heute nachmittag geleistet hat? Den großen Koffer die Treppe 'runtergeschmissen! Mich hat beinahe der Schlag getroffen!«

»Tatsächlich? Der gute alte Robert«, sagte Stubs anerkennend, »er macht sich. Ich wollte, ich wäre dabeigewesen, als er mit dem Zeug um sich warf.«

»Laß die Finger von dem Kuchen und bring den Hund aus der Küche. Mir ist noch nie in meinem Leben ein Hund begegnet wie deiner. Geht durch verschlossene Speisekammertüren! Er ist ein Wunder, sage ich immer!«

»Stimmt! Ich freue mich, daß du ihn so zu würdigen weißt. Verflixt, da kommt Sardine, dann verziehen wir uns lieber.«

Beide traten den Rückzug an, denn sie wußten, Sardine würde ihnen sofort klarmachen, daß die Küche ihr Reich war.

Es gab eine gemütliche Teestunde mit der Sandtorte, die sie Stubs zu verdanken hatten, mit frischer Butter und goldgelbem Honig. Danach räumten sie ihre Zimmer auf, und Lümmel half dabei auf seine Weise. Er trug fleißig alle Vorleger auf den Flur, so daß jeder, der nicht ausgesprochen hellseherische Fähigkeiten besaß, darüber fallen mußte.

»Es wird allmählich Zeit, daß dieses verzogene Tier Vernunft annimmt«, sagte Dina ärgerlich, die eben im Dunkeln über eine Ansammlung von Vorlegern gestolpert war. »Er ist beinahe zwei Jahre alt, umgerechnet also schon vierzehn, ein bißchen mehr Überlegung sollte er doch haben.«

Robert warf Fräulein Pfeffer einen Blick zu und grinste. »Noch eine Gardinenpredigt! Hast du gehört, Lümmel?«

»Wie spät mag es wohl sein?« Fräulein Pfeffer sah auf ihre Uhr. »Oh, schon nach acht. Ich glaube, es ist das richtigste, ihr geht jetzt zu Bett. Wir haben einen langen, anstrengenden Tag vor uns, und ich wollte noch ein paar Briefe schreiben.«

»Gut«, sagte Dina, »hoffentlich kann ich überhaupt schlafen. Ich finde, man ist immer so aufgeregt, wenn man verreisen will. Ich denke dann an Baden, Faulenzen, Spazierengehen . . .«

»Wuff«, machte Lümmel. Wie immer beteiligte er sich sofort an der Unterhaltung, wenn das Wort ›spazierengehen‹ fiel.

»Kluger Hund«, lobte Dina, »sehr kluger Hund!«

III

Dieser Junge redet wie ein Buch

Der nächste Tag war insofern besonders aufregend, als die Kinder sonst meistens mit dem Wagen in die Ferien fuhren und eine Reise mit dem Zug deshalb etwas Ungewöhnliches für sie bedeutete. Sie fanden ein leeres Abteil, setzten sich jeder erwartungsvoll auf einen Eckplatz, und Lümmel lief von einem zum anderen und hechelte ohne Unterlaß.

Es wurde eine lange Fahrt, eine Fahrt von Küste zu Küste, manchmal mit Aufenthalten an den verschiedenen Stationen, wenn Wagen an- oder abgehängt werden mußten.

Das interessierte Stubs natürlich sehr. Er sprach darüber mit jedem, dem Lokomotivführer, dem Schaffner und dem Stationsvorsteher.

Als er wieder einmal von einem kleinen Schwatz auf dem Bahnsteig zurückkam, verkündete er: »Stellt euch vor, von den fünfzehn Wagen, mit denen der Zug abfuhr, sind nur noch zwei dieselben, unserer und der dahinter. Alle anderen sind abgehängt worden. Natürlich sind auch wieder welche dazugekommen.«

»Na und?« gähnte Dina. »Solange sie uns nicht irgendwo auf ein Nebengleis schieben, ist mir das völlig egal.«

»Typisch Mädchen«, brummte Stubs verächtlich, »keinen Sinn fürs Eisenbahnwesen. Ich finde das hochinteressant. Wir fahren mit fünfzehn Wagen los, hängen sechs in Linning ab und nehmen dafür fünf andere mit. Drei bleiben in Berklemere, dafür kommen in Fingerpit zwei neue dazu. Nun laßt mich mal rechnen.«

»Das klingt ja wie höhere Mathematik«, sagte Fräulein Pfeffer schläfrig. »Wir hängen sechs ab und lassen fünf irgendwo und vergessen, den Rest mitzunehmen. Bitte, nennt mir den Namen des Lokomotivführers.«

»Ha, ha, wie komisch«, sagte Stubs. »Aber wäre es nicht an der Zeit, endlich etwas zu essen?«

Nach Stunden hielt der Zug in Woodlingham, und die Kinder weckten Fräulein Pfeffer, die sanft und süß geschlafen hatte. »Es ist nur gut, daß wir Menschen mit Verantwortungsbewußtsein sind und aufgepaßt haben, wo wir umsteigen müssen.«

»Welch ein Unsinn, Robert«, widersprach Fräulein Pfeffer kopfschüttelnd und augenzwinkernd, »es ist doch einfach undenkbar, daß ich bei diesem Rattern und Rumpeln geschlafen haben soll.«

Und dann fuhr das Bummelbähnchen in Rockypool ein. Stubs, der herausgebracht hatte, daß noch zehn Minuten Aufenthalt waren, unterhielt sich angeregt mit dem Mann auf der Lokomotive.

Er sah nicht, daß eine neue am Ende des Zuges angekuppelt wurde. Er hörte nur plötzlich ein schrilles Pfeifen und das aufgeregte Schreien der anderen.

»Stubs, schnell! Steig ein! Schnell!«

Er rannte, erwischte den letzten Wagen und zog den armen Lümmel erbarmungslos am Halsband herauf. »Du meine Güte!« schnaufte er, »beinahe hätte ich den Anschluß verpaßt. Ich konnte doch nicht wissen, daß das Biest auf einmal in die andere Richtung fährt«, wandte er sich an eine Bauersfrau, die ihn erstaunt anstarrte. »Finden Sie das nicht auch sehr ungewöhnlich?«

»Hä?« war die ungenaue Antwort der Alten.

»Ich meine, der Zug kam mit der Lokomotive vorne an, wie immer, und dann fährt er ab mit einer hintendran.« Er redete sich in Hitze, weil er sich so dumm vorkam. Schien es schließlich nicht an der Zeit, diese Mißstände einmal zur Sprache zu bringen?

»Hä?« machte die Bäuerin wieder und nickte mit dem Kopf. Stubs sah sie zufrieden an. Leute, die nichts als ›Hä‹ sagten und dazu nickten, waren gute Zuhörer. Er beschloß, noch länger in diesem Abteil zu bleiben, denn er hatte gar keine Lust, die Vorwürfe Fräulein Pfeffers über sich ergehen zu lassen, weil er beinahe den Zug versäumt hätte.

Auf der dritten Station stiegen zwei Männer in Marineuniform ein. Aha! Wahrscheinlich gehörten sie zum geheimen Unterseeboothafen. Wäre prima, wenn er mit ihnen ins Gespräch kommen könnte. Dann würde er vielleicht etwas Interessantes erfahren und hätte den anderen tolle Sachen zu erzählen! Die Männer zogen jeder eine Zeitung aus der Tasche und verschwanden beinahe gleichzeitig dahinter.

»Verzeihung, meine Herren«, begann Stubs, »ist es noch weit bis Rockypool? Ich muß nämlich dort aussteigen.«

»Das wirst du schon selber sehen«, knurrte der eine.

»Sie sind wohl nicht zufällig von dem geheimen Unterseeboot-hafen?« versuchte Stubs es von neuem. »Ich habe mich von Jugend auf für U-Boote interessiert, habe sie immer in der Badewanne schwimmen lassen und ...«

»Schätze, das tust du heute noch«, unterbrach ihn der Mann, »halt die Klappe!«

Der so in seinen Hoffnungen Getäuschte schwieg gekränkt. Doch dann tröstete er sich damit, so zu tun, als wäre er ein Detektiv, der diese beiden ekligen Kerle unter die Lupe nehmen müsse, und er fixierte sie mit zusammengekniffenen Augen. Beide waren glattrasiert, der eine hatte ein Muttermal am Kinn und der andere außergewöhnlich stark hervorstehende Zähne. ›Eigentlich sehen sie gar nicht so schlimm aus‹, dachte er, ›schade, daß sie sich nicht mit mir unterhalten wollen.‹ Er starrte sie gedankenverloren an.

»Irgendwas nicht in Ordnung mit meinem Gesicht?« fragte der eine plötzlich. »Wie wär's, wenn du zur Abwechslung mal zum Fenster 'rausgucktest?«

Stubs runzelte die Stirn. Dann weckte er Lümmel, der unter dem Sitz eingeschlafen war, und begann mit ihm eine Unterhaltung. Die alte Frau schnarchte mit weit offenem Mund in ihrer Ecke.

»Halt endlich die Klappe«, knurrte der Mann wieder. »Du schwatzt und schwatzt und schwatzt.«

Die Bäuerin war aufgewacht und kicherte.

»Da haben Sie recht«, sagte sie, »redet wie ein Buch, der Junge. Bei dem kommt kein anderer zu Wort.«

Stubs sah sie wütend von der Seite an, und als der Zug das nächste Mal hielt, verließ er mit viel Würde das Abteil. Dina und Robert hingen aus dem Fenster und sahen ihm entgegen.

»Warum bist du nicht früher gekommen? War was Besonderes los?«

»Klar«, nickte Stubs und stieg zu ihnen, »ich saß mit zwei

Männern vom Unterseeboothafen zusammen. Und ich sage euch, was die alles wissen!«

»Als ob sie gerade den Mund auftäten, wenn du kommst!« grinste Robert.

»Na gut, wenn du mir nicht glaubst, dann eben nicht.«

Robert starrte ihn an. Es war doch ganz unmöglich, daß jemand diesem kleinen Idioten wichtige militärische Geheimnisse verriet. Andererseits war er immer gleich mit jedem gut Freund. Vielleicht sagte er doch die Wahrheit?

»Los, red schon. Was hast du gehört?« fragte er endlich. »Was waren das für Männer?«

»Ihre Namen kenne ich nicht. Nach solchen Nebensächlichkeiten habe ich natürlich nicht gefragt. Aber wie sie aussehen, kann ich dir genau beschreiben. Ich gucke mir immer alle Leute genau an. Man weiß nie, wozu es doch einmal gut ist.«

Und dann gab er einen ausführlichen Bericht über geschwungene Augenbrauen, abgekaute Fingernägel, vorstehende Zähne und den verkrüppelten kleinen Finger an der Hand des einen.

»Ganz gut«, brummte Robert und wunderte sich, wie schon so oft, über Stubs' Beobachtungsgabe. Wenn er sich auch sonst manchmal furchtbar dumm benahm, in dieser Beziehung war er nicht zu schlagen. »Du solltest zur Polizei gehen, wahrhaftig!«

Das ging Stubs 'runter wie Honig, und er wollte sich gerade darüber verbreiten, wie glücklich die Polizei zu schätzen wäre, wenn er sich entschlösse, in ihren Dienst zu treten, als der Zug sein Tempo verlangsamte und in einen Bahnhof einfuhr.

»Rockypool!« rief der Schaffner, und Fräulein Pfeffer erhob sich hastig.

»Wir sind da. Robert, lauf und sieh nach, ob sich unsere Koffer noch im Gepäckwagen befinden. Bei dem seltsamen Verfahren der Bahn wäre es nicht ausgeschlossen, daß man sie irgendwo auf der Strecke gelassen hat.«

Robert verschwand, und als Stubs ausstieg, verheddderte er

sich, wie immer bei solchen Gelegenheiten, in Lümmels Leine und hätte sich beinahe auf den Hosenboden gesetzt.

Nach ein paar Minuten kam Robert mit der guten Nachricht zurück, daß alle Koffer noch vorhanden wären. »Soll ich ein Taxi holen, Fräulein Pfeffer?«

»Nein, danke, das ist nicht nötig. Ich habe der Wirtin geschrieben, sie möchte eins zum Bahnhof schicken. Es wird vermutlich schon warten.«

Als sie zur Sperre gingen, hielt Stubs seinen Vetter an und zeigte verstohlen auf zwei Männer, die sich dicht an ihnen vorbeidrängten, und Robert erkannte sie sofort nach der genauen Beschreibung, die ihm eben geliefert worden war. Er starrte ihnen nach, und auch er fand es sehr aufregend, in einem geheimen Unterseeboothafen stationiert zu sein.

Die Taxe wartete tatsächlich. Der Fahrer half dem Gepäckträger, die Koffer zu verstauen, und legte einen Teil auf den Sitz neben sich.

»Ist es weit bis Rubadub?« fragte Stubs. Der Mann schüttelte den Kopf.

»Knapp drei Kilometer.«

Sie stiegen ein, und Stubs sah zum Fenster hinaus. Die Landschaft wirkte wild und einsam, Heide und Moor, mit hier und da aufblitzenden Wassertümpeln.

Sie rumpelten die Landstraße entlang, und Stubs warf Lümmel einen auffallend besorgten Blick zu.

»Hoffentlich wird er nicht seekrank«, murmelte er.

»Nur das nicht!« sagte Fräulein Pfeffer entsetzt.

»Ich will mich lieber mit ihm zu dem Fahrer setzen«, sagte er plötzlich und klopfte an die Scheibe vor sich. »Bitte, halten Sie einen Augenblick, ich komme zu Ihnen.«

Die Taxe hielt, und Stubs quetschte sich, den erstaunten Lümmel auf dem Arm, mit Müh und Not zwischen Koffer und Fahrer.

»Kann jetzt prima sehen«, flüsterte er selig grinsend dem Mann neben sich zu.

»Und ich überhaupt nichts mehr«, murrte Dina, an deren feines Gehör er gar nicht gedacht hatte. »Wetten, daß Lümmel sich pudelwohl fühlt? Dieser gräßliche Bengel wollte bloß auf den besten Platz.«

»Ach, laß ihn nur«, beschwichtigte Fräulein Pfeffer, die sehr müde war und absolut keine Lust verspürte, ihre schwachen Kräfte mit denen Stubs' zu messen. »Wir sind außerdem gleich am Ziel.«

Es dauerte nicht lange, und der Wagen fuhr in den kleinen Ort, dessen Häuser in einem Halbkreis vor den Klippen lagen und auf die Bucht hinaussahen. Eine breite Promenade führte am Strand entlang und ein Landungssteg bis weit ins Meer.

»Wunderbar!« rief Dina strahlend. »Und das da ist doch sicher das Gasthaus? Wie gemütlich es aussieht!«

»Ja, hier werden wir wohnen«, nickte Fräulein Pfeffer, »im ›Drei Mann in einem Faß‹. Und nun hinaus mit euch!«

IV

Herr Faß ist gut erzogen

Einer nach dem anderen sprang aus dem Wagen, und der Fahrer
ging zur Tür des Gasthauses und rief hinein:

»Hallo, Dummy, eure Gäste sind angekommen!«

Die Kinder standen und starrten auf das alte Schild. Aber sie
konnten nicht erkennen, ob es die drei Männer in dem Faß zeigte,
es war zu verblichen und verwittert.

»Das Haus stammt bestimmt noch aus dem Mittelalter. Wenn
man es ansieht, fühlt man sich um Hunderte von Jahren zurückversetzt. Mir geht es jedenfalls so.«

Dina hatte recht. Es mußte uralt sein, lehnte mit der Rück-
front an den Klippen, hatte hölzerne Läden an den Fenstern,
und die Scheiben blitzten und funkelten. Zwei Schornsteine rag-
ten aus dem ganz mit Moos bewachsenen Dach, und nur hier
und da leuchtete das Rot der Ziegel hervor. Die Eingangstür
wäre eines Schlosses würdig gewesen, fest und stark, mit einem
riesigen Türklopfer in Form eines Segelschiffes. Stubs fühlte natürlich sofort ein unwiderstehliches Verlangen, ihn in Bewegung
zu setzen. Aber ehe er dazu kam, öffnete sich die Tür ein wenig,
und jemand steckte den Kopf durch den Spalt.

›Ein Junge‹, dachten die Kinder, doch als er nun herauskam,
sahen sie, daß es ein Erwachsener war. Er war kleiner als Robert, sein Kopf etwas zu groß für den Körper und der Ausdruck seines Gesichtes der eines Kindes mit runden, erstaunten
Augen.

»Komm, Dummy, hilf mir«, rief der Fahrer und machte sich
am Gepäck zu schaffen. Dummy stapfte schwerfällig herbei. Er
trug marineblaue Hosen mit hellem Paspel an den Seitennähten,
eine Weste über dem dunklen Hemd und darüber eine Leder-
schürze. Scheu grinste er die Kinder von der Seite an.

Mit Leichtigkeit hob er die schweren Koffer, lud sie auf seine
Schulter und stapfte zurück ins Haus.

»Er ist hier Mädchen für alles«, erklärte der Taxifahrer, »ein
guter Kerl, stark wie ein Pferd und freundlich wie ein Kind.
Nur wenn er in Wut gerät, möchte ich ihm lieber nicht begegnen.«

»Ich mag ihn«, sagte Dina, »er lacht so freundlich.«

Der Mann nickte. »Mit Kindern kommt er gut zurecht, aber
mit Erwachsenen nicht immer. Wenn sie zum Beispiel etwas an
ihm auszusetzen haben, wird er böse, brummt und knurrt und
sieht aus, als wollte er sie gleich über die Klippen ins Meer be-
fördern. Und eins rate ich euch, lacht nie über den alten Dummy,
demjenigen geht's schlecht, habe ich mir erzählen lassen.«

Fräulein Pfeffer fand, daß es nun genug des Schwatzens sei.

Sie sah, wie Stubs mit offenem Munde lauschte, und wußte, daß er sich nun gleich erkundigen würde, wem es denn schlecht ergangen wäre.

»Was bekommen Sie?« fragte sie deshalb schnell und öffnete ihr Portemonnaie. »Schönen Dank, daß Sie uns so pünktlich abgeholt haben.«

Der Taxifahrer tippte an die Mütze, versenkte den Fahrpreis und das reichliche Trinkgeld in seiner Jackentasche und fuhr davon.

Dummy erschien wieder und hinter ihm die Wirtin, eine außergewöhnlich große und außergewöhnlich stattliche Frau mit verdrießlichem Gesicht. Sie besaß nicht nur ein Doppelkinn, sondern deren gleich mehrere, und Stubs starrte sie, ganz in Bewunderung versunken, an. Das Haar trug sie hochgekämmt, was ihrem Aussehen noch mehr Würde verlieh.

»Guten Tag«, sagte sie mit tiefer Stimme und trat auf die Ankömmlinge zu. »Der Zug muß heute einmal keine Verspätung gehabt haben. Ich hatte Sie noch gar nicht erwartet. Kommen Sie herein. Ihre Zimmer sind bereit.«

»Vielen Dank, Frau, äh, Frau ...« sagte Fräulein Pfeffer verwirrt beim Anblick dieser pompösen Erscheinung.

»Mein Name ist Plump, Frau Plump.«

»Paßt ausgezeichnet«, murmelte Stubs, als sie durch die Halle gingen.

Dina gluckste. »Ob es auch kleine Plumps gibt? Sicher sehen sie alle wie die Mutter aus. Meine Güte, ist das eine steile Treppe.«

»Passen Sie an den Biegungen auf«, ermahnte Frau Plump mit ihrer ehrfurchtgebietenden Stimme. »Nanu, was war denn das?«

Es war Lümmel! Lümmel, der sich losgerissen hatte und hinaufstürmte. Er hatte die Kurve zu kurz genommen und Frau Plump ins Wanken gebracht. Kein Wunder bei seinem Tempo!

»Haben Sie sich erschrocken? Das tut mir leid«, sagte Stubs

höflich und sanft. »Es ist nur mein Spaniel. Er ist immer sehr aufgeregt, wenn er in eine neue Umgebung kommt. Sie haben doch nichts gegen Hunde? Fräulein Pfeffer sagte, ich dürfte ihn mitbringen.«

»Gegen guterzogene nicht.« Frau Plump sprach mit Betonung und führte sie durch den langen Flur mit vielen Türen. »Ich habe selber einen, einen guterzogenen!«

»Wie heißt er denn?« fragte Stubs interessiert.

»Herr Faß. Den Namen hat ihm mein Mann gegeben, nach unserem Gasthaus. Das ist so einer seiner Späße. Ich hätte ihn lieber Fips genannt, ich meine den Hund, aber jetzt, wo er alt und fett geworden ist, der Hund, versteht sich, finde ich, paßt der Name ganz gut.«

Sie ging ihnen ein paar Stufen voraus bis zu einer kleinen Galerie, auf die vier Türen mündeten.

»Hier habe ich Sie untergebracht«, erklärte sie stolz und öffnete die eine. »Es ist mein bestes Zimmer, vielleicht wollen Sie hier wohnen, Fräulein Pfeffer?«

»Ja, gerne«, sagte Fräulein Pfeffer erfreut, »hier habe ich als kleines Mädchen auch einmal geschlafen. Oh, die herrliche Aussicht! Sie hat mich damals schon so entzückt.«

Sie ging zu dem kleinen Fenster und stieß es weit auf. Die Kinder standen neben ihr.

Sie sahen hinunter auf die steilen Felsenriffe, den weißen Sand, das an diesem Augusttage tiefblaue Meer und die Wellen, die leise an den Strand schlugen.

›Ein friedliches Geräusch‹, dachte Dina, ›eins, wobei man träumen kann, aber wie muß es brausen und toben, wenn im Herbst die Stürme kommen. Hoffentlich hat mein Zimmer dieselbe Aussicht.‹

Es hatte sie. Doch der Raum war kleiner, an der einen Seite abgeschrägt, und dicke Holzbalken zogen sich durch die weißgekalkten Wände.

Die Jungen fanden ihr Zimmer toll, Stubs sagte ›supertoll‹, und sie riefen Dina, damit sie es sich ansah. Es war sehr groß, mit einem eingebauten eichenen Schrank und einem riesigen Doppelbett. Der Fußboden war uneben, und die Kinder würden von jetzt an Hunderte von Malen über die Dielen laufen, ehe ihre Ferien zu Ende gingen.

»Ich finde es hier furchtbar gemütlich, ihr auch?« fragte Dina.

»Ziemlich«, grinste Robert, »und wenn man bedenkt, daß das Haus bestimmt schon so alt wie der Tower in London ist, natürlich besonders. Wenn die Wände erzählen könnten, was die wohl alles erlebt haben!«

»Erlebt, erlebt«, brummte Stubs, »mich würde höchstens interessieren, was hier gegessen wurde, nehme an, sehr gut und viel.«

»Natürlich«, sagte Dina, »du denkst mal wieder ans Essen, wie immer! Frag doch die Wände! Dir erzählen sie es vielleicht.«

»Glaub nur nicht, daß du mich beleidigen kannst«, knurrte er. »Außerdem hätte ich auch gar nichts gegen eine kleine Erfrischung einzuwenden. Und was ist nun? Packen wir aus oder nicht? Und wo ist eigentlich Fräulein Pfeffer?«

In diesem Augenblick kam sie herein und scheuchte Lümmel sofort von dem breiten Bett. »Stubs, du hast doch gehört, daß Frau Plump von wohlerzogenen Hunden sprach, nicht wahr? Du mußt unbedingt dafür sorgen, daß Lümmel sich hier besser benimmt als zu Hause, sonst bekommst du Ärger.«

»Paßt der Name nicht wunderbar zu ihr? Sie ist enorm, pompös, einfach majestätisch!«

»Sei nicht albern, Stubs«, sagte Fräulein Pfeffer ungeduldig, »beeilt euch, und kommt dann hinunter zum Tee. Frau Plump sagte, sie brächte ihn, sobald wir fertig wären.«

»Gut, ich bin soweit«, sagte Stubs.

»O nein, das bist du keineswegs!« widersprach die alte Erzieherin. »Wasch dich und kämm dir die Haare, und außerdem scheint es geraten, daß du dich ein wenig abbürstest. Du erweckst den Eindruck, als habest du die Reise nicht auf dem Sitz, sondern unter ihm zugebracht.« Mit diesen Worten ging sie hinaus.

»Ja, ja, ich fliege, ich eile, um alle Wünsche zu erfüllen«, murmelte er und warf ihr einen wütenden Blick nach.

Dina lachte. »Sie hat ganz recht, du siehst aus wie ein wildgewordener Handfeger.«

»Das hat sie nicht gesagt.«

»Aber gemeint«, grinste Robert.

»Mach, daß du vom Bett 'runterkommst. Lümmel. Du hast doch gehört, was die Pfefferbüchse angeordnet hat!«

»Pfefferbüchse?« wiederholte Robert. »Wenn du frech bist, wirst du nicht nur Ärger mit Frau Plump, sondern auch mit der Streubüchse, äh, ich meine mit Fräulein Pfeffer kriegen. Übrigens finde ich es jammerschade, daß unser Zimmer nicht auch die schöne Aussicht auf das Meer hat.«

»Die hier ist viel interessanter«, stellte Stubs fest und sah hinaus. »Lauter Dächer und Fenster, hinter denen andere Leute wohnen.«

Es war wirklich ein ungewöhnlicher Ausblick. Das Gasthaus lag höher als die angrenzenden Häuser, und sie konnten über die Giebel und in ein paar Dachfenster sehen. Aus einem Schornstein stieg dichter Rauch.

»Ich werde höchstwahrscheinlich einmal eine kleine Kletterpartie unternehmen. Darin bin ich ganz groß«, verkündete Stubs und schrubbte sein Gesicht mit Hingabe. »Hab' sogar schon mal Wasser in einen Schornstein gegossen.«

»Prahlhans!« sagte Robert. »Kümmere dich lieber um deinen Hund, der liegt nämlich wieder auf dem Bett. Ich glaube, es ist das beste, wir legen eine Decke darauf. Ich wüßte jedenfalls nicht, wie wir ihm diese schlechte Angewohnheit austreiben sollen. Komm, Lümmel, Teezeit.«

Gleich darauf stiegen sie mit Fräulein Pfeffer und Dina zusammen die gewundene Treppe hinab. Sie gingen vorsichtig, denn seitlich an den Biegungen wurden die Stufen sehr schmal. Doch Lümmel kümmerte sich nicht um solche Kleinigkeiten, rannte voraus, rutschte ab und kugelte kopfüber hinunter.

»Kannst du dich nicht anständig benehmen?« zischte Stubs. »Was soll Herr Faß von dir denken?«

V

Man weiß ja, wie Kinder so sind

Der Tee wurde im Speisesaal des Gasthauses serviert. Es war
ein großer, ziemlich dunkler Raum, mit Eichenbalken an der
Decke, einem riesigen Kamin und vielen polierten Türen.

Stubs, wie sollte es anders sein, schmeckte es. Wie ein Verhun-
gernder stürzte er sich auf alles, auf das frische Schwarzbrot,
die Butter und die selbstgemachte Pflaumenmarmelade, und
ohne auch nur die kleinste Pause einzulegen, stopfte er eine
Scheibe Brot nach der anderen in den Mund.

»Du bist auch zu gefräßig«, sagte Dina, »mit dir wird es
immer schlimmer. Hübsch ist es hier. Seht mal, die vielen

Geweihe und die alten Stiche an den Wänden und die beiden Aquarien da drüben. Und habt ihr schon einmal eine so große Sammlung von Reitpeitschen gesehen wie die neben dem Kamin?«

»Reitpeitschen?« Stubs unterbrach für einen Augenblick seine angenehme Beschäftigung. »Ich sammle auch welche. Die muß ich nachher unbedingt unter die Lupe nehmen. Vielleicht sind welche darunter, die ich noch nicht habe.«

»Ach, du Angeber, du hast meiner Ansicht nach sechs oder sieben, nicht wahr, und dort hängen mindestens siebzig oder achtzig«, lachte Dina. »Sieh dir lieber einmal die Uhr an!«

Es war eine alte Standuhr, die größte, die die Kinder je gesehen hatten. Sie reichte beinahe bis zur Decke, und ihr Ticken war so stark, daß man es selbst in der entferntesten Ecke des großen Raumes hören konnte. Und jetzt begann sie fünfmal zu schlagen, laut und dröhnend wie eine Kirchturmuhr.

»Ist hier eigentlich alles noch so, wie es war, als Sie damals herkamen, Fräulein Pfeffer?« fragte Robert. »Können Sie sich an diese Uhr erinnern?«

»O ja.« Fräulein Pfeffer lächelte und zwinkerte hinter ihren dicken Brillengläsern, »ich entsinne mich noch sehr gut, besonders daran, daß ich mich einmal im Uhrenkasten versteckt hielt, um alle, die vorüberkamen, zu erschrecken, indem ich wie ein Hund knurrte und bellte.« Stubs hatte aufmerksam zugehört.

»Toll! Hätte ich Ihnen gar nicht zugetraut«, sagte er anerkennend. »Wirklich, eine prima Idee, muß ich mir merken.«

»Um Himmels willen, nein!« bat die alte Erzieherin, die es sofort bitter bereute, ihre Unart so leichtsinnig verraten zu haben. »Bitte, Stubs«, fügte sie beinahe beschwörend hinzu, »benimm dich ordentlich. Ich möchte auf keinen Fall, daß Frau Plump euch für schlecht erzogen hält und euch danach behandelt.«

Stubs brummte beruhigend und fragte dann: »Sie muß doch

damals auch ein kleines Mädchen gewesen sein, war sie älter als Sie?«

»Ich glaube nicht. Sie war ein nettes kleines Ding. Wie hieß sie doch? O ja, ich weiß: Gloria.«

»Gloria Plump!« rief Dina entzückt.

»Pst«, machte Fräulein Pfeffer und warf einen besorgten Blick in die Runde. »Damals hieß sie noch Gloria Tregonnan. Hunderte von Jahren soll dies Gasthaus im Besitz ihrer Familie sein.«

Frau Plump erschien in der Tür, um sich zu vergewissern, daß es ihren Gästen schmeckte. Sie trat an den Tisch und sah zu ihrem Erstaunen nichts Eßbares mehr. »Oh«, sagte sie, »soll ich noch etwas bringen lassen?«

»Nein, nein, vielen Dank!« wehrte Fräulein Pfeffer verlegen zwinkernd ab. Es war sicher, daß neben Stubs sein unter dem Tisch sitzender Hund den Löwenanteil vertilgt hatte. Ohne Zweifel war das der Grund, aus dem sich Lümmel bis jetzt so ungewöhnlich ruhig verhielt. Sie runzelte die Stirn und sah zu Stubs hinüber, der schon den Mund auftat, um zu verkünden, daß er gut und gerne noch etwas vertragen könne. Unter ihren Blicken aber klappte er ihn sofort wieder zu.

»Ich werde jetzt hinaufgehen und auspacken, währenddessen könnt ihr ein wenig an den Strand laufen. Doch vergeßt nicht, eure Strickjacken anzuziehen, gegen Abend wird es kühl am Wasser. Hört ihr!«

Sie stürmten davon, und Fräulein Pfeffer schenkte sich noch eine Tasse Tee ein, um sie in Ruhe zu genießen, als Frau Plump zurückkam.

»Ja, ja, da hat man so seine liebe Not«, sagte sie mitfühlend, »ja, ja, die Jugend von heute. Wenn man bedenkt, wir zu unserer Zeit, wir durften uns zwar sehen, aber nicht hören lassen.«

»Oh, so schlimm sind sie nicht«, nahm Fräulein Pfeffer die drei in Schutz, »nur manchmal ein bißchen wild. Ist Ihr Haus gut besucht?« erkundigte sie sich dann.

»Im Augenblick sind wir nicht voll besetzt. Unten in der Stadt, nahe am Strand, wurde voriges Jahr ein neues Hotel gebaut. Dadurch haben wir natürlich ein paar Gäste verloren. Das ›Drei Mann in einem Faß‹ ist ein bißchen altmodisch und liegt auch nicht sehr günstig.«

Fräulein Pfeffer sah zu einigen Tischen hinüber, auf denen Blumen und Schalen mit Obst standen. »Nun, wie ich sehe, hat die Konkurrenz nicht allzuviel ausrichten können.«

»I bewahre! Da hätten wir zum Beispiel zuerst drei Artisten. Die geben jeden Abend eine Vorstellung im Varieté unten am Landungssteg. Sie sollen sehr gut sein, wird gesagt. ›Rubadub Rollocks‹ nennen sie sich. Was das bedeutet, weiß ich nicht, komischer Name, finde ich. ›Kommt zu den Rubadub Rollocks‹ steht überall auf den Plakaten an den Anschlagsäulen.«

»Oh, das wird die Kinder freuen«, lächelte Fräulein Pfeffer, »sie sehen sich so was gerne an. Sicher ist es sehr lustig.«

»Ja, sehr«, nickte Frau Plump. »Zur Saison gibt es hier immer solche Veranstaltungen. Diesmal ist sogar ein Zauberer dabei, er soll auch ganz großartig sein und hat viel Zulauf. Das ist mal was anderes. Er wohnt auch bei mir, und dann noch Fräulein Iris Nachtigall, eine Sängerin. Nachtigall, das ist natürlich nicht ihr richtiger Name, sie nennt sich nur so.« Frau Plump schmunzelte. »Paßt gut, was?«

»Da beherbergen Sie ja eine Menge interessanter Leute«, sagte Fräulein Pfeffer, der der kleine Schwatz Spaß machte.

Frau Plump nickte. »Außerdem haben wir noch so einen alten Herrn, einen gewissen Professor James. Ich wollte Sie übrigens bitten, den Kindern zu sagen, daß sie ihn nicht ärgern. Sie nehmen es mir doch nicht übel? Aber man weiß ja, wie Kinder so sind. Er ist ein bißchen seltsam, mag keine Hunde, noch nicht einmal einen wohlerzogenen Herrn Faß, und er ist ziemlich taub, der Professor, versteht sich, und hitzig obendrein.«

»Ich werde die Kinder informieren«, beeilte Fräulein Pfeffer sich, sie zu beruhigen. Sie beschloß, die drei sobald wie möglich ins Gebet zu nehmen, besonders Stubs, und ihm anzuraten, auf Lümmel zu achten, wenn Professor James in der Nähe war.

»Und dann haben wir noch Fräulein Trill. Das wären alle«, fuhr Frau Plump fort. »Sie ist soweit ganz in Ordnung, schwatzt nur ein bißchen viel und überschwenglich. Spricht von herzigen Hunden und Katzen, wunderwunderhübschen Schmetterlingen, süßen Vögelchen und so. Na, Sie können es sich schon vorstellen. Hoffentlich lachen Ihre Trabanten nicht über sie, man weiß ja, wie Kinder so sind.«

›Du meine Güte!‹ dachte das arme Fräulein Pfeffer. ›Ich muß ihnen heute abend ins Gewissen reden!‹

Das Schwätzchen dehnte sich länger aus als beabsichtigt, denn die Sprache kam darauf, daß sie als kleines Mädchen schon einmal hier war und sie und Frau Plump sich also lange kannten. Die Wirtin nickte und schmunzelte, und beide tauschten Erinnerungen aus.

Endlich ging Fräulein Pfeffer hinauf, um auszupacken, und saß bald danach am Fenster und genoß die herrliche Aussicht. Wie friedlich und still es hier war! Eine Gegend, wie geschaffen zur Erholung!

In diesem Augenblick erschütterte eine ungeheure Detonation das ganze Haus. Fräulein Pfeffer fuhr entsetzt hoch. Um Himmels willen, was war geschehen?

Sie lief auf die Galerie und stieß mit Dummy zusammen, der ein paar Koffer schleppte. Er lächelte sie schüchtern an.

»Was war das für ein furchtbares Getöse?« fragte sie mit zitternder Stimme.

Statt einer Antwort ließ er den einen Koffer auf den Boden fallen, sagte: »Bum!« und wiederholte dasselbe mit dem anderen.

»Nicht, nicht! Ich wollte wissen, woher diese schreckliche Detonation rührte?«

Dummy nahm ihren Arm und zog sie zu einer kleinen Tür, hinter der eine schmale Treppe steil hinaufführte. Er erklomm sie schwerfällig, und Fräulein Pfeffer folgte ihm erstaunt bis zu einer großen Dachluke, die nur zum Teil verglast war.

»Bum, bum«, wiederholte er leise und zeigte hinaus.

Sie standen jetzt auf gleicher Höhe mit den Spitzen der Klippen, die hinter dem Gasthaus aufragten. Und genau der Dachluke gegenüber klaffte ein Spalt in den Felsen, durch den man das Meer jenseits der Riffe sehen konnte.

Dieser Anblick überraschte Fräulein Pfeffer sehr, und sie blickte gespannt hinüber, denn sie wußte, daß da draußen irgendwo der Unterseeboothafen lag, gut verborgen und vom Lande abgeschlossen. Streng geheime Versuche wurden dort ausgeführt. Vielleicht stand die Detonation im Zusammenhang mit einem dieser Experimente?

Bum! Wieder fuhr Fräulein Pfeffer zusammen. Und weit draußen stieg eine hohe Fontäne aus dem Wasser, und eine dunkle Rauchwolke schwebte darüber.

»Bum, bum«, sagte Dummy, zeigte über das Wasser und grinste. Es schien, als könne er gar nichts anderes sagen.

»Sehr interessant«, nickte Fräulein Pfeffer, »vielen Dank, daß Sie es mir gezeigt haben.« Er lächelte sie wieder von der Seite an, und sie nickte ihm freundlich zu. ›Armer Kerl‹, dachte sie.

Dann kehrte sie in ihr Zimmer zurück. Wenn die Kinder nach Hause kämen, würde sie ihnen von der Dachluke erzählen, denn sicher würden sie diese Entdeckung sehr aufregend finden. Sie nahm die letzten Sachen aus dem Koffer und summte leise vor sich hin. Sie freute sich auf diese Ferienwochen voller Sonne und Nichtstun und darauf, mit den drei Kindern zusammen zu sein, die ihr so ans Herz gewachsen waren.

Inzwischen verbrachten Dina, Robert und Stubs einen herrlichen Nachmittag. Sie liefen am Strand entlang, fanden die verschiedensten Muscheln, die dort zu Hunderten lagen, kletterten auf die Felsen, und Stubs rutschte natürlich aus, fiel ins Wasser und tropfte wie eine gebadete Katze.

Später schlenderten sie die Promenade hinunter, blieben am Landungssteg stehen und betrachteten die Plakate.

»>Kommt zu den Rubadub Rollocks‹«, las Robert. »Da müssen wir hin. Seht mal, ein Zauberer ist auch dabei, Mathias Marvel, den müssen wir unbedingt sehen.«

Sie bewunderten die Fotografien der zwölf Clowns und fanden, daß sie sehr komisch und vielversprechend aussahen.

»Hoffentlich tritt keine Sängerin auf«, sagte Stubs, »die sind immer eklig. Ihr Gezwitscher ist die reinste Zeitverschwendung. Clowns und Zauberer finde ich tausendmal interessanter. Tanzen geht ja noch, aber Singen, dabei könnte ich die Wände hochgehen.«

»Lümmel ist auf den Steg gelaufen«, rief Robert plötzlich. »Lümmel, komm her, Lümmel, Lümmel!«

Aber der hatte schon die Hälfte des Weges zurückgelegt und kümmerte sich nicht im geringsten um das verzweifelte Rufen. Vom Ende des Stegs kam ein verlockender Fischgeruch zu ihm, und niemand hätte ihn zurückhalten können.

»Wir müssen die zwanzig Pfennig opfern, um ihn zu holen«, überlegte Stubs. »Hat einer zwanzig Pfennig?«

»Ja, du«, sagte Robert, »von mir bekommst du sie jedenfalls nicht, ich habe nämlich kein Geld mehr, und schließlich ist es ja dein Hund.«

So mußte der arme Stubs also sein Portemonnaie zücken, sich von zwanzig Pfennigen trennen und ganz am Ende des langen Stegs einen ausgesprochen mißvergnügten Lümmel von einem Haufen fauliger Fische fortzerren.

»Hörst du nicht, wie wütend die Möwen auf dich sind, du Ausreißer?« sagte er. »Der Fisch ist für sie bestimmt. Du bist auch zu gefräßig, willst du den armen Tieren überhaupt nichts gönnen?«

VI

Ich heiße Trill

Kurz vor sieben Uhr erschienen die drei wieder zum Abendessen im Gasthaus.

»Schön, daß ihr so pünktlich seid«, sagte Fräulein Pfeffer
erfreut und sah ihnen lächelnd entgegen. »Nun, habt ihr euch
ein wenig umgesehen?«

Robert nickte. »Es ist prima hier! Haben Sie die Explosion
auch gehört? Ein Mann erzählte uns, sie käme von dem Unterseeboothafen. Ich wollte, wir könnten ihn uns einmal ansehen.«

Fräulein Pfeffer schüttelte den Kopf. »Das ist unmöglich, du weißt es doch. Aber weil ihr so früh gekommen seid, will ich euch rasch noch etwas zeigen, kommt!«

Sie stieg vor ihnen die schmale Treppe hinauf, die Kinder folgten ihr neugierig, und Robert stieß einen Ruf des Staunens aus, denn er war der erste an der Luke.

»Donnerwetter, man kann den Hafen sehen!« rief er aufgeregt.

»Laß mich mal«, drängte Stubs. »Dina, halt Lümmel fest. Er benimmt sich wie ein Verrückter und zerkratzt mir noch meine Hose. Toll! Eine tolle Aussicht! Und von da ist der Krach gekommen?«

»Ja«, sagte Fräulein Pfeffer, »es stieg eine Fontäne auf, und über ihr schwebte eine dunkle Rauchwolke.«

»Ich bleibe hier sitzen und warte auf den nächsten Knall«, verkündete er.

»Das wirst du nicht«, bestimmte Fräulein Pfeffer, »wir gehen jetzt alle zum Essen.«

Sie stiegen die Treppe hinunter und öffneten die Tür, die auf die Galerie führte. Im Flur begegnete ihnen ein Mann, ein großer, dünner Mann, mit langem, magerem Gesicht und tiefliegenden Augen, mit denen er sie durchdringend anstarrte. Anscheinend fand er es sehr ungewöhnlich, jemanden von dort oben kommen zu sehen.

Auch die Kinder starrten ihn an, und Dina dachte: ›Was für einen unheimlichen Blick er hat, als ob er einen durchbohren wollte.‹

»Guten Abend«, grüßte Fräulein Pfeffer höflich, die als letzte die Stufen herunterkam.

»Guten Abend«, sagte der Mann, verschwand in seinem Zimmer, und die Tür schloß sich mit einem leisen Klicken hinter ihm.

Fräulein Pfeffer nahm an, daß dieser Gast einer der Artisten sein mußte, doch sicher keiner der Clowns. Dieser hier sah aus, als habe er noch nie in seinem Leben einen Spaß gemacht. Seinem

Blick nach zu urteilen, war er höchstwahrscheinlich Mathias Marvel, der Zauberer.

»Dem ist wohl die Petersilie verhagelt«, grinste Stubs, »vielleicht ist er auch heute früh mit dem linken Bein zuerst aufgestanden.«

»Beeilt euch, und zieht euch um«, ermahnte Fräulein Pfeffer, »und vergeßt nicht, euch die Hände zu waschen. Das gilt besonders für dich, Stubs. Und benehmt euch bitte ordentlich, und denkt daran, daß sich noch mehr Gäste im Speisesaal befinden.«

»Um Himmels willen«, stöhnte Robert, »das ist furchtbar, das ist ja furchtbar! Na, Stubs muß sich auf alle Fälle umziehen. Er tropft immer noch, und überall, wo er gestanden hat, bleibt eine Pfütze zurück. Er ist nämlich ins Wasser gefallen.«

Fräulein Pfeffer schlug die Hände über dem Kopf zusammen, beugte sich weit vor und betrachtete ihn eingehend durch ihre dicken Brillengläser. »Zieh dich sofort um! Du mußt so schnell wie möglich aus den nassen Sachen herauskommen!« rief sie entsetzt.

Als dann der Gong durch das Haus dröhnte, waren die Kinder bereit, sogar Lümmel. »Ich habe ihm den Sand aus dem Fell gebürstet«, erklärte Stubs stolz. »Sieht er nicht prima aus? Ich möchte gerne, daß er einen guten Eindruck auf Herrn Faß macht.«

Sie waren die ersten im Speisesaal. Aus der Küche kam der appetitliche Duft von Tomatensuppe. Stubs schnupperte genießerisch und äußerst geräuschvoll, und Fräulein Pfeffer warf ihm einen ihrer scharfen Blicke zu.

Ein Hund watschelte herein, ungeheuer fett, mit düsterem, traurigem Aussehen, mit dicken Falten auf der Stirn und tief herabhängenden Backen.

»Das muß Herr Faß sein«, vermutete Stubs ganz richtig und betrachtete dieses Monstrum voller Andacht und Staunen. »Seht euch das an! Guten Abend, Herr Faß. Darf ich Ihnen meinen Hund vorstellen? Herr Lümmel, Herr Faß.«

»Wuff«, machte Lümmel höflich und außerordentlich beeindruckt.

»Grrr«, machte Herr Faß und entblößte in furchterregender Weise die Zähne. Lümmel zog sich eilig zurück und geriet dem Kellner zwischen die Beine, der gerade die Suppe brachte.

Herr Faß watschelte zu einer Decke vor dem Kamin und ließ sich mit einem langen, sehr menschlich klingenden Stöhnen darauf nieder. Er sah einen nach dem anderen nachdenklich und leidend an, legte dann den dicken Kopf auf die Pfoten und seufzte noch einmal tief.

Lümmel betrachtete ihn ehrfürchtig. Was für ein Hund! Was für ein Prachtexemplar von einem Hund! Er selber kam sich wie ein Zwirnsfaden vor, beschloß, so bescheiden wie möglich zu wirken, und legte sich auf seines Herrchens Füße.

Der Kellner stellte eben vor jeden einen Teller mit Tomatensuppe, als die anderen Gäste hereinkamen. Ohne Schwierigkeit konnte Fräulein Pfeffer sie alle sofort nach Frau Plumps Beschreibung erkennen.

Als erster erschien Herr Marvel, der Zauberer, der Mann, dem sie auf dem Flur begegnet waren. Ihm folgte einer, der sehr lustig aussah, mit großen abstehenden Ohren und einem breiten Lachen. Er winkte zu den Kindern hinüber und scherzte mit dem Kellner, und Fräulein Pfeffer dachte: ›Vermutlich der Clown.‹

Ein wenig später setzte sich ein junges Mädchen von ungefähr zwanzig Jahren zu den beiden, und Fräulein Pfeffer kam zu dem Schluß, daß dies die Sängerin Iris Nachtigall sein mußte.

Die beiden letzten kamen zusammen. Ein Mann mit mißmutigem Gesicht und eine Dame in mittleren Jahren. Alles an ihr schien zu flattern, der Chiffonschal, den sie um den Hals gelegt hatte, die Rüschen und Volants an dem Kleid, das Batisttüchlein in ihrer Hand und die kleine Schleife im wildgelockten Haar.

›Fräulein Trill und Professor James‹, dachte Fräulein Pfeffer, während sie ihre Suppe löffelte, und die Kinder beobachteten die Neuangekommenen interessiert.

»Wo ist dieser Hund?« fragte der Professor, kaum daß er das Zimmer betreten hatte. »Wo ist dieser Hund? Hoffentlich nicht in der Nähe meines Tisches!«

Herr Faß hob nicht einmal den Kopf. Professor James starrte ihn mißvergnügt an, und Herr Faß erwiderte den Blick voller Verachtung.

»Ha, da bist du ja. Bleib auf deiner Decke, und komm mir nicht zu nahe. Kellner, was gibt es für Suppe?«

»Tomatensuppe, mein Herr«, antwortete der noch sehr junge Mann, der sich mit Stubs schon angefreundet hatte.

»Was soll das? Sprechen Sie lauter«, sagte der Professor ungehalten. »Heute nuscheln alle.«

Der Kellner hob die Stimme: »Tomatensuppe, mein Herr.«

»Ich verstehe kein Wort. Sprechen Sie doch lauter.«

»Tomatensuppe hat er gesagt!« brüllte Stubs voller Hilfsbereitschaft. Alle fuhren erschreckt zusammen, sogar Professor James.

»Wer schreit da so? Wer schreit denn da so? Davon muß man ja taub werden!« Er bedachte die Kinder mit einem seiner mißvergnügten Blicke. Stubs holte gerade tief Luft, um in der gleichen Lautstärke wie eben zu erklären, daß er es gewesen sei, als Fräulein Pfeffer die Stirn runzelte und ihn beschwörend ansah.

»Kann ich bitte noch ein bißchen Suppe bekommen?« fragte er deshalb im Flüsterton.

Ein glucksendes Lachen kam vom nächsten Tisch. Fräulein Trill beugte sich weit herüber, und ihre Armbänder klirrten leise.

»Ist er nicht süß?« wandte sie sich an Fräulein Pfeffer. »Wie er versuchte zu helfen. Und wie reizend, dieser gesunde Appetit!«

Stubs war völlig vernichtet. Süß sollte er sein! Dina und Robert verschluckten sich fast vor Lachen.

»Was für nette Kinderchen«, säuselte Fräulein Trill weiter. »Sind Sie die glückliche Mutter?«

»Nein«, entgegnete die alte Erzieherin höflich, aber kühl, »ich beaufsichtige sie nur.« Diese Dame schien eine von den Menschen zu sein, die man besser mied. Sonst würde es nicht lange dauern, und die Kinder machten sich über sie lustig. »Mein Name ist Pfeffer, Fräulein Pfeffer«, fügte sie hinzu.

»Ich heiße Trill, Fräulein Trill. Wir können uns ein bißchen zusammensetzen, wenn Ihre Banditen im Bett liegen, ja? Ich liebe Kinder so sehr, Sie auch? Und Hunde, sie sind zu herzig!«

Wer mochte wohl dieses redselige, säuselnde Wesen sein? Lümmel, neugierig geworden, kam langsam unter dem Tisch hervor. Das war ein Signal für einen neuen Entzückungsausbruch!

»Oh, welch ein Liebling! Und gerade Spaniels mag ich so gerne! Komm her, mein Herzchen. Soll ich einmal mit dir spazierengehen, ja, soll ich das?«

Lümmel sah sie scheel an und verschwand wieder unter dem Tisch. Herr Faß ließ einen Ton hören, der wie ein ungnädiges Schnalzen klang. Er erhob sich und sank dann wieder auf seine Decke, diesmal aber den breiten Rücken Fräulein Trill zugekehrt.

»Und wie heißt ihr denn?« fuhr sie fort, die die schwere Kunst, heiße Suppe zu essen und gleichzeitig zu reden, vollendet beherrschte. »Wie heißt das kleine Mädchen?«

»Dina, aber ich bin kein kleines Mädchen.«

»Und ich heiße Robert.«

»Und ich Stubs, Fräulein Triller.« Er sah sie strahlend an, und Dina kicherte.

»Mein Name ist Trill, nicht Triller«, berichtigte sie. »Und wie gefällt es euch in Rubadub? Welch reizender, seltsamer Name!«

»Zu reizend und zu süß, Fräulein Triller«, pflichtete Stubs mit fröhlicher Miene bei. »Ich könnte immer trillern vor lauter Freude, daß ich hier bin.«

»Stubs!« ließ sich Fräulein Pfeffer mit solch fürchterlich drohender Stimme vernehmen, daß er den Kopf einzog und schwieg und Fräulein Trill erstaunt von einem zum anderen sah. »Eßt jetzt, und ich will kein weiteres Wort von euch hören«, schloß sie, während sie sich vorstellte, wie eine künftige Unterhaltung zwischen den Kindern und Fräulein Trill verlaufen würde.

Und Stubs, ausnahmsweise sehr beeindruckt von dem ungewohnt strengen Ton, begann schweigend sein Hühnchen zu essen.

»Dürfen wir uns nicht wieder unterhalten?« fragte Dina leise. »Ich meine, wir untereinander.«

Fräulein Trill war jetzt in ein angeregtes Gespräch mit dem Clown verwickelt, der sich genau wie Stubs großartig auf ihre Kosten zu amüsieren schien, und Fräulein Pfeffer ging um so lieber auf Dinas Vorschlag ein, als sie hoffte, die Aufmerksamkeit der drei von dem Nebentisch abzulenken.

»Gut, aber ich habe euch gewarnt«, sagte sie, »und bitte, geht gleich nach dem Essen hinaus.«

»Ja, wir werden spazierengehen«, riefen alle erleichtert.

Fräulein Pfeffer nickte zufrieden. Doch sie ahnte, daß diese Ferien wohl nicht ganz so ruhig und friedlich verlaufen würden, wie sie gehofft hatte!

VII

Barny ruft an

Die drei unternahmen nur einen kurzen Spaziergang, denn Fräulein Pfeffer hatte sie gebeten, nicht zu lange fortzubleiben. Es war noch hell, doch als sie über die Promenade zurückgingen, sahen sie in einiger Entfernung Lichter in der Dämmerung.

»Dort ist ein Jahrmarkt«, erklärte Robert, »da müssen wir hin.«

»Oh, eine Avusbahn!« rief Dina. »Wir sind schon einmal damit gefahren, weißt du noch, Robert?«

»Los«, schrie Stubs, »laßt uns eine Runde drehen!« Aber niemand hatte Geld mitgenommen, und so konnten sie nur zusehen.

Der Jahrmarkt war klein, kaum daß er diesen Namen verdiente. Neben der Avusbahn gab es noch ein Karussell, eine Eisbude und eine mit Süßigkeiten. Etwas abseits stand ein Mann mit einer Drehorgel.

»Eine Drehorgel!« schrie Stubs. »Schade, daß ich nicht so ein Ding habe, damit könnte ich im Gasthaus ein bißchen Stimmung machen.«

»Von mir aus gerne«, kicherte Dina, »aber die anderen werden wohl darauf verzichten. Besonders der Professor, der alte Knabe, der würde auf der Stelle wahnsinnig.«

»Du irrst dich«, grinste Robert, »Frau Plump würde wahnsinnig, denn der Professor würde sofort abreisen.«

»Ich glaube nicht, daß es Fräulein Pfeffer recht ist, wenn wir uns hier aufhalten«, sagte Dina plötzlich. Der Jahrmarkt hatte sich allmählich belebt, und sie fand, daß die meisten Leute ringsum nicht besonders vertrauenerweckend wirkten.

Eine Menge Matrosen war darunter, die sich unter Johlen und Pfeifen in die kleinen Autos zwängten.

Einer von ihnen rempelte die Kinder an. »Was haben solche Gören hier zu suchen?« grölte er, und Robert hielt es für richtiger zu gehen.

Stubs war enttäuscht. »Wir sind doch eben erst gekommen.«

»Wir verschwinden«, sagte Robert leise. »Wir sehen uns noch einmal die Bilder vom Varieté am Landungssteg an.«

Die Vorstellung hatte schon begonnen. Als sie das Drehkreuz erreichten, hörten sie Gesang aus der Ferne. »Das ist bestimmt Iris Nachtigall, sie singt sehr, sehr schön, findet ihr nicht auch?« sagte Stubs und starrte aufs Wasser. »Ich mag sie am liebsten von den dreien.«

»Und ich den Clown«, lachte Dina, »er ist der netteste von allen. Außerdem hat er so komische abstehende Ohren, richtige Segelfliegerohren.«

Der Gesang verstummte, und nun spielte jemand auf einem

Banjo. Stubs, der ein Meister im Nachahmen dieses Instrumentes war, stellte sich in Positur und begann ein imaginäres Banjo zu zupfen und brachte dabei ein Geräusch zwischen den Zähnen hervor, das dem des richtigen Banjos täuschend ähnlich war.

Dina und Robert lachten.

»Großer Erfolg, was?« strahlte Stubs. »Habe ich in der Schule auch immer, wenn ich eine meiner beliebten Vorstellungen gebe. Ich kann auch Zither spielen, hört mal!«

Er setzte sich, tat, als läge eine Zither auf seinen Knien, und ahmte ihren Klang nicht weniger täuschend nach als den des Banjos.

Ein Mann schlenderte über den Landungssteg, blieb stehen und lauschte. Er trug das Kostüm eines Clowns und ging hier auf und ab, um ein wenig Luft zu schöpfen. Er beobachtete Stubs amüsiert.

»Hallo, du«, rief er, »wohnst du nicht im ›Drei Mann in einem Faß‹? Das machst du gar nicht übel. Warum kommst du nicht einmal zum Wettbewerb der Kinder? Jede Woche ist einer. Ich glaube, du gewinnst.«

Stubs hörte auf, seine Zither zu bearbeiten, und grinste. »Sie sind der Clown, nicht wahr? In Ihrem Kostüm habe ich Sie gar nicht erkannt.«

Der Mann wackelte mit den großen abstehenden Ohren, zog eine Grimasse und nickte. »Ja, der bin ich, aber glaub nur nicht, daß es komisch ist, immer komisch zu sein. Das wird allmählich auch langweilig.«

Er versuchte ein paar verrückte Tanzschritte, stolperte über seine eigenen Füße und saß plötzlich mit einem erstaunten Grinsen auf den Holzbohlen. Die Kinder brüllten vor Lachen, und Lümmel geriet ganz außer sich und zog und zerrte an der Leine, um durch das Drehkreuz auf den Steg zu gelangen.

»Die Kinderwettbewerbe sind sehr lustig«, fuhr der Mann fort und stand mit einer schnellen Bewegung auf. »Jeder kann mitmachen. Der Erste Preis ist fünf Mark für das beste Mädchen und fünf Mark für den besten Jungen. Du solltest kommen und es versuchen. Was du machst, ist egal, ob du tanzt, singst oder zauberst. Aber du würdest einen guten Clown abgeben, damit schaffst du es bestimmt.«

Er nickte Stubs zu, und der wußte nicht genau, ob er diese Bemerkung als Kompliment auffassen konnte.

Robert grinste. »Ja, das ist das Richtige für ihn, er tut den ganzen Tag sowieso nichts anderes als Blödsinn reden.«

Stubs boxte ihn in die Seite, der Mann lachte und wandte sich zum Gehen. Die Banjomusik war verklungen, und er mußte zurück auf die Bühne. Er warf seine Zigarette ins Wasser.

»Also, bis morgen«, sagte er, »morgen im Gasthaus bei Mutter Plump und Herrn Faß, der aufpaßt, daß jeder seinen Teller leer ißt.«

Stubs schnitt eine Grimasse, und der Mann lachte wieder.

»Du solltest zu uns kommen und mein Partner werden. Wir würden großen Erfolg haben. Na, dann gute Nacht.«

Er ging schnell den Steg hinunter, und Stubs starrte ihm nach, immer noch nicht ganz sicher, ob er sich nicht vielleicht nur einen Spaß mit ihm erlaubt hatte.

»Wie du das gemacht hast«, brummte Robert, »ich könnte das nie! Aber es ist schon ziemlich spät. Wenn wir nicht bald erscheinen, wird Fräulein Pfeffer sich ängstigen und eine entsetzliche Suchaktion starten.«

Sie gingen zurück ins Gasthaus und wurden schon vor der Tür von ihr erwartet. »Dina, Robert, Stubs, wer, glaubt ihr, hat eben angerufen?«

»Wer?« fragten alle wie aus einem Munde.

»Barny!« sagte Fräulein Pfeffer.

»Barny!« schrien sie. »Barny! Ist er etwa hier in der Nähe?«

»Kommt herein, ich werde es euch erzählen«, sagte sie und ging eilig voraus in die Diele, in der sich niemand mehr aufhielt.

»Ich saß hier«, begann sie und zwinkerte heftig hinter den Brillengläsern, »als Frau Plump kam und bestellte, ein Herr Barnabas wäre für euch am Telefon, und mich fragte, ob ich nicht statt eurer an den Apparat gehen wolle. Ich kam im Augenblick gar nicht darauf, wer Herr Barnabas sein könnte.«

»Weiter«, sagte Robert.

»Also, ich ging, und es war Barny. Er ist krank gewesen, und ich glaube, er fühlt sich ein bißchen einsam und sehnt sich danach, mit euch dreien zusammen zu sein. Er nannte mir eine Telefonnummer und wartet nun in einem Laden auf euren Anruf.«

»Die Nummer!« schrien sie. »Schnell, wie ist die Nummer?«

Fräulein Pfeffer gab sie ihnen, und sie jagten davon. Wenn er nur irgendwo hier in der Nähe wäre! Vielleicht könnte er dann nach Rubadub kommen.

Sie hatten Barny und sein kleines Äffchen Miranda durch einen seltsamen Zufall kennengelernt und waren seit dem Tage mit ihm befreundet. Er stand ganz alleine in der Welt und arbeitete beim Zirkus oder auf Jahrmärkten.

Die Kinder drängten sich in die Telefonzelle. Robert wählte, und Barny war sofort da. »Hallo, bist du es, Robert?«

»Hallo, Barny! Von wo sprichst du? Wir haben gehört, daß du krank warst. Geht es dir wieder besser? Und was macht Miranda?«

»Oh, sie ist vergnügt wie immer. Ich hatte mich erkältet, wahrscheinlich, als ich im Regen unter einer Hecke schlief. Ich habe zwei Wochen in einer Scheune gelegen, und Miranda hat für mich gesorgt.«

»Die gute, kleine Miranda«, sagte Robert, »wo bist du denn jetzt? Und woher weißt du überhaupt, daß wir hier sind?«

»Eure Köchin sagte es mir, ich habe bei euch zu Hause angerufen. Hör zu, morgen kann mich jemand nach Rubadub mitnehmen. Ich fühle mich ein bißchen einsam. Wahrscheinlich kommt es daher, daß ich krank war.«

Es sah Barny gar nicht ähnlich, sich einsam zu fühlen, und es mußte ihm schon sehr schlecht gehen, wenn er so etwas sagte.

»O ja, Barny, komm! Du wohnst natürlich bei uns im Gasthaus. Aber warte, ich glaube, Frau Plump wird Miranda nicht haben wollen, so ein Pech!«

»Nein, nein, das ist nicht nötig. Außerdem habe ich im Augenblick kein Geld. Ich muß sehen, daß ich dort irgendeine Arbeit finde. Und bei dem schönen, warmen Wetter kann ich ja draußen schlafen.«

»Na ja, das wird sich schon finden, wenn du erst hier bist. Es ist herrlich, daß du kommst! Grüße Miranda! Lümmel wird bestimmt verrückt vor Wiedersehensfreude.«

»Also, bis morgen«, sagte Barny, »ich freue mich auch!« Dann hörte Robert ein Knacken in der Leitung, Barny hatte aufgelegt.

Sie drängten sich alle drei auf einmal aus der schmalen Tür, und Dina und Stubs bestürmten Robert mit Fragen. Sie brannten darauf, alles genau zu erfahren.

Sie liefen zurück in die Diele, wo Fräulein Pfeffer auf sie wartete, und Robert berichtete das ganze Gespräch, Wort für Wort.

»Und morgen ist er hier«, schloß er, »es wird wunderbar!«

»Prima, prima, prima!« rief Stubs, der Barny sehr bewunderte und Miranda, das Äffchen, sehr gerne mochte.

»Und nun geht schnell zu Bett«, lächelte Fräulein Pfeffer, »und bitte, seid morgen früh pünktlich zum Frühstück unten.«

VIII

Barny kommt

Die drei schliefen so tief und fest, daß sie nicht einmal den Gong, der zum Frühstück rief, hörten. Doch kaum verhallte der letzte Ton, da kam Fräulein Pfeffer, noch im Morgenmantel, zu ihnen hineingehastet. »Wacht auf, Kinderchen!« rief sie, und ihre Augen zwinkerten heftig. »Auch ich habe verschlafen. Nein, wie peinlich! Was soll Frau Plump von uns denken, wenn wir uns gerade am ersten Morgen so verspäten. Wacht auf, Kinderchen, und beeilt euch, bitte, ja?«

»Nein!« brummte Stubs und drehte sich auf die andere Seite.

»Nun gut«, sagte sie und wandte sich zum Gehen, »ich möchte dich nur darauf aufmerksam machen, daß Barny in Kürze hier sein wird!«

»Barny!« schrie Stubs und fuhr wie von der Tarantel gestochen hoch. »Ich habe ja ganz vergessen, daß Barny kommt!«

Fräulein Pfeffer lief hinaus, weckte Dina, lief wieder zurück in ihr Zimmer und zog sich in aller Eile an. Als sie bald danach den Speisesaal betraten, saß nur noch ein einziger Gast an einem der Tische. Fräulein Trill!

»Haben die lieben Kleinen verschlafen?« begrüßte sie alle mit strahlendem Lächeln. »Und das herzige Hundchen auch?«

Das herzige Hundchen hatte zwar verschlafen, war dafür jetzt aber um so munterer. Es lief zu dieser redseligen Dame, schnappte deren Serviette und machte sich davon. Fräulein Trill quietschte laut. »Oh, du Böser, du Böser! Bring sie sofort zurück, hörst du?«

»Lümmel!« brüllte Stubs voller Genuß. »Bring sie dem guten Fräulein Triller sofort zurück, hörst du?«

Ob solchen Stimmaufwandes fiel Fräulein Trill beinahe vom Stuhl. In diesem Augenblick erschien Herr Faß in der Tür, starrte Lümmel an, sah leidender aus denn je, und seine faltigen Backen schienen noch tiefer herabzuhängen als sonst. Lümmel zog sich vorsichtig zurück und ließ die Serviette Serviette sein. Herr Faß schnupperte daran, nahm sie zwischen die Zähne und watschelte zum Kamin. Er ließ sie auf seine Decke fallen und legte sich unter Stöhnen und Seufzen darauf.

»Siehst du, Lümmel, das nächste Mal wird er dich nehmen und sich auf dich legen«, drohte Stubs, der inbrünstig hoffte, daß er nicht gezwungen sein würde, diesem Ungeheuer seine Beute entreißen zu müssen.

»Der liebe, liebe Herr Faß, ein zu reizendes Hundchen, nicht wahr?« säuselte Fräulein Trill. »Ich liebe Hunde unsagbar und Katzen auch, die zarten, kleinen Dinger.«

»Unsere Katze Sardine würde Ihnen bestimmt gefallen, Fräulein Triller«, begann Stubs, »sie mag es so gerne, wenn man im Dunkeln auf der Treppe über sie fällt, das zarte, kleine Ding. Und der Affe von unserem Freund, der würde Ihnen ...«

»Sicher, sicher«, unterbrach Fräulein Trill hastig, »aber ich heiße Trill und nicht Triller.«

»Oh, ich vergesse es immer wieder. Seien Sie bitte nicht böse«, entschuldigte sich Stubs und schielte zu Fräulein Pfeffer hinüber, die ihm einen ihrer scharfen Blicke zuwarf. Trotzdem fuhr er ungerührt fort: »Ihr Name erinnert mich immer an ein Liedchen, das ich als Kind sang: ›Trillre, trillre, du süßer Vogel‹ oder so ähnlich. Ich liebe Vögel so, Sie auch, Fräulein Triller? Sie sind so süß, die gefiederten Freunde. Und ich liebe ...«

»Willst du so freundlich sein und mir ein Taschentuch herunterholen, Stubs?« unterbrach die alte Erzieherin diesen Redestrom. Sein albernes Geschwätz ließ Dina hilflos in sich hineinkichern, und Robert grinste von einem Ohr zum anderen. Selbst Fräulein Pfeffer hatte Mühe, ein Lächeln zu unterdrücken.

»Seit wann sind Sie denn vergeßlich?« begann Stubs mit unschuldigem Augenaufschlag, brach aber sofort ab, als er ihren Blick sah. Mit sanftmütiger Miene erhob er sich, um das Gewünschte zu holen. Fräulein Trill lächelte strahlend und sah aus, als wolle sie im nächsten Augenblick ihrer Freude über hilfsbereite kleine Jungen Ausdruck geben. Doch Fräulein Pfeffer verhinderte den zu erwartenden Ausbruch, indem sie mit den Kindern eine Unterhaltung begann. »Ich möchte nur wissen, wann Barny hier sein wird. Sagte er etwas darüber? Wir werden wohl Ausschau nach ihm halten müssen.«

Dieses Thema war so interessant, daß die drei Fräulein Trill sofort vergaßen. Und die erhob sich auch bald, verließ den Raum mit raschelnden Röcken und leise klirrenden Armbändern, und das einzige, was zurückblieb, war eine Duftwolke betäubenden Parfüms.

Stubs schnupperte, grinste und sagte: »Marke Triller!«

Fräulein Pfeffer ergriff die Gelegenheit, um ihm sehr bestimmt klarzumachen, was sie von Undiszipliniertheit und Unhöflichkeit hielt, und drohte ihm, unter heftigem Augenzwinkern, derart fürchterliche Strafen an, daß er ganz vernichtet in seinen Stuhl zurücksank.

»Es tut mir ja sehr leid«, sagte er schwach, »aber ich kann einfach nicht anders, wenn sie anfängt zu trillern. Das ist doch nicht Ihr Ernst, Fräulein Pfeffer, ich werde doch nicht eine ganze Woche lang keinen Kuchen bekommen? So grausam können Sie doch nicht sein?«

»Oh, ich kann«, entgegnete sie streng, »flegelhaftes Benehmen dulde ich auf keinen Fall, merke dir das! Und nun seht zu, daß ihr fertig werdet, sonst können wir uns gleich bis zum Mittagessen hier aufhalten.«

An diesem Vormittag badeten sie. Das Wasser war warm, ein leichter Wind ging, und es war herrlich, sich in die sanft anrollenden Wellen zu stürzen.

Trotzdem vergaßen sie nicht, ein paarmal nach Barny Ausschau zu halten. Aber sie sahen ihn nicht. Am Nachmittag gingen sie wieder an den Strand, um zu faulenzen und zu lesen. Sie lagen in der prallen Sonne, fingen an, krebsrot zu werden, und Fräulein Pfeffer befürchtete, sie würden einen Sonnenbrand bekommen.

»Lümmel müßte auch einen Badeanzug tragen«, sagte Dina und streichelte sein heißes Fell. »Seht nur, wie er hechelt. Willst du ein Eis haben, Lümmel?«

Er hob sofort den Kopf. ›Eis‹ war eines der Worte, die er immer verstand. Aber alle waren zu faul, um welches zu holen. Das einzige, was sie noch fertigbrachten, war, sich in den Schatten zu rollen. Und Lümmel ließ enttäuscht die Ohren hängen. Daran zu denken, daß sie ihm Hoffnung gemacht hatten, für nichts und wieder nichts!

Einer nach dem anderen schlief ein. Dina lag auf dem Rücken, einen Strohhut über dem Gesicht, Robert zusammengerollt auf der Seite, Stubs auf dem Bauch, und Fräulein Pfeffer schnarchte sanft in einem Liegestuhl mit Sonnendach.

Jemand kam durch den Sand gerannt, jemand sprang in Stubs' Haar und zog ein paarmal kräftig daran.

Er öffnete die Augen und rief wütend: »Mensch, mach, daß du wegkommst! – Wer ist das überhaupt?«

Er drehte sich um, und plötzlich kuschelte sich etwas leise schnatternd an seinen Hals.

»Miranda!« schrie er, und Lümmel fing wie verrückt an zu bellen. »Oh, Miranda, du bist es! Hallo, seht doch nur, Miranda ist da! Und wo ist Barny?«

Alle waren hochgefahren, Lümmel raste wie ein Wilder um sie herum, wirbelte in einer dichten Wolke den Sand um sie auf, und Miranda sprang von Schulter zu Schulter, umarmte jeden und schnatterte aufgeregt.

Stubs legte die Hand über die Augen und sah die Promenade hinunter. Und dann sah er ihn und erkannte ihn gleich. »Barny! Barny, hier sind wir!«

Barny winkte, sprang mit einem Satz auf den Strand, und die drei stürmten ihm entgegen.

»Da bist du ja! Und dünn bist du geworden!«

Und dann liefen sie zu Fräulein Pfeffer und hockten sich zu ihren Füßen in den Sand. Barny strahlte. Seine seltsam weit auseinanderliegenden Augen waren so leuchtend blau wie immer und sein weizenblondes Haar beinahe noch heller als sonst. Er sah sie einen nach dem anderen an und lachte.

»Schön, euch wiederzusehen! Es scheint mir, als wären Jahre vergangen, seit wir zusammen in Glockenburg waren. Und gut seht ihr aus.«

»Und du gar nicht, noch nicht einmal braun bist du«, sagte Robert.

Barny zuckte die Schultern. »Ach, ich bin schon wieder in Ordnung, bei Mirandas Pflege kein Wunder. Ihr hättet sie nur sehen sollen, wie sie mir das Essen brachte, das der Bauer ihr für mich gab. Glaubt ihr, sie hätte je einen Tropfen verschüttet, wenn sie ein Glas Milch holte? Niemals! Nicht wahr, Miranda?«

Alle konnten sich vorstellen, wie schrecklich es gewesen sein mußte, allein und krank in einer Scheune zu liegen, nur von einem kleinen Äffchen betreut. Und alle konnten sich vorstellen, wieviel Angst Miranda ausgestanden hatte.

»Verdammt einsam mußt du gewesen sein«, murmelte Stubs endlich, der Barny am besten verstand, da er selber keine Eltern mehr hatte.

»Ach, ich bin nicht immer einsam. Aber ich wünschte natürlich, meine Mutter lebte noch oder ich könnte meinen Vater finden. Wenn ich daran denke, daß ich einen Vater habe und nicht weiß, wer er ist und wo er ist, könnte ich verrückt werden!«

›Der arme Junge‹, dachte Fräulein Pfeffer, und sie erinnerte sich, wie sie ihn damals in Rockingdown kennenlernte und er ihr seine Geschichte erzählte. Daß seine Mutter mit einem Schauspieler verheiratet gewesen war, daß sie aber zurückkehrte in das Zirkusleben, das sie so liebte, und daß Barny dort geboren wurde, ohne daß sein Vater je etwas davon erfuhr.

Barny war in dem Glauben aufgewachsen, sein Vater sei tot. Erst als seine Mutter sehr krank wurde, hatte sie ihm erzählt, daß sein Vater noch lebte und er ihn suchen müsse. Seinen Namen aber erfuhr er nicht mehr, denn seine Mutter arbeitete als Artistin wieder unter ihrem Mädchennamen.

Und Barny suchte und suchte. War sein Vater noch immer Schauspieler? Er hatte viel in Shakespearestücken mitgewirkt, das war alles, was er von ihm wußte.

»Wir werden ihn finden«, sagte Stubs, »wir müssen ihn einfach finden. Es muß doch einen Weg geben, verflixt noch mal!«

IX

Der Zauberer macht ein Angebot

Barny fühlte sich viel besser, nun, da er mit seinen Freunden sprechen konnte. Während seiner Krankheit hatte er sich oft Gedanken gemacht, und es war ihm nicht gelungen, sie zu verscheuchen.

»Aber jetzt ist alles anders, nicht wahr?« sagte Robert. »Jetzt, wo du uns alles erzählt hast. Und wir werden dir helfen, bestimmt!«

»Ja, ich bin froh, daß ich hier bin. Aber ich hätte nicht so viel von meinen Sorgen reden sollen.«

»Wozu wären wir denn Freunde, wenn wir nicht deine Sorgen mit dir teilten?«

Barny nickte. »Aber ich kann euch sicher gar keinen Gegendienst erweisen, ich glaube, ihr habt gar keine.«

»Hast du eine Ahnung!« widersprach Stubs trübsinnig. »Du weißt nicht, was ich für Kummer mit Onkel Richard habe. Der Gedanke, daß sein hitziges Wesen ihn übermannen und er mich verhauen könnte, läßt mich keine Nacht mehr schlafen. Das sind Sorgen, sage ich dir. Und das schlimmste ist, niemand will sie mit mir teilen.«

Alle lachten, und Fräulein Pfeffer sagte: »Vergeßt nicht, daß unter Freunden auch die Freuden geteilt werden, und deshalb schlage ich vor, den Tee jetzt miteinander zu teilen.«

»Was? So spät ist es schon?« schrie Stubs. »Stellt euch vor, vor lauter Glück habe ich das Essen vergessen!«

Dina kicherte. »Was für ein tolles Kompliment für Barny. Ein tolleres wird er niemals wieder bekommen.«

Auch Barny lachte. Immer wieder fühlte er sich sofort wohl bei seinen drei Freunden.

Frau Plump hatte sich herabgelassen, ihnen einen Picknickkorb zurechtzumachen. Und nun packten sie Unmengen von belegten Broten, Brötchen und Kuchen aus.

Stubs war des Lobes voll. »Ich hätte ihr gar nicht zugetraut, daß sie uns so viel mitgeben würde, bei ihrem brummigen Aussehen. Sie scheint ein Herz für mich Hungerleidenden zu haben.«

»Sie hofft wahrscheinlich, daß du dann zum Abendbrot nichts mehr ißt.« Fräulein Pfeffer zwinkerte den anderen hinter ihren Brillengläsern zu.

Stubs grinste. »Eine trügerische Hoffnung, jedenfalls was mich betrifft. Die Erwachsenen haben mein ganzes Mitgefühl«, fuhr er fort, während er nach einem dicken Stück Kuchen griff, »niemals können sie 'reinhauen, immer müssen sie Angst haben, daß man sie für gefräßig hält.«

»Du hast wohl gar keine Lust, einmal erwachsen zu werden,

was?« erkundigte sich Dina interessiert. »Es wäre auch traurig«, fügte sie hinzu. »Weder sechs Eiswaffeln hintereinander noch Schokolade in rauhen Mengen, ganz zu schweigen von anderen Freßfesten!«

»Hör auf!« schrie Stubs. »Komm, Barny, nimm dir von dem Obstkuchen, er ist wunderbar.«

Doch Barny hatte keinen rechten Appetit, und Fräulein Pfeffer vermutete, daß er wirklich sehr krank gewesen sein mußte. Und sie wünschte, sie könnte ihn mit ins Gasthaus nehmen und ihn ein bißchen herausfüttern. Aber das war unmöglich. Frau Plump hätte sich niemals mit Mirandas Gegenwart einverstanden erklärt.

»Ich wollte, du würdest bei uns wohnen«, sagte Robert.

Barny schüttelte den Kopf. »Das geht nicht, das weißt du. Außerdem habe ich schon eine Arbeit gefunden.«

Alle starrten ihn bewundernd an. Wie hatte er das so schnell fertiggebracht?

»Und was für eine?« fragte Dina.

»Es gibt hier in Rubadub einen kleinen Jahrmarkt mit einer Avusbahn und ...«

»O ja, da waren wir gestern abend! Hast du dort etwas gefunden?«

»Ja, ich verstehe ein wenig von Maschinen, und ich soll mich um die Autos kümmern, sie ölen und so. Das ist keine besonders schwere Arbeit, und ich verdiene erst einmal Geld.«

»Hoffentlich hast du noch Zeit für uns?« fragte Stubs eifrig.

»Ja, ich glaube, ich werde jeden Tag gegen fünf Uhr anfangen. Ich bin ganz froh, daß es so schnell geklappt hat. Im Augenblick sehe ich nicht sehr salonfähig aus, und ich kann mir dann gleich neue Sachen kaufen.«

Lümmel war immer noch außer sich vor Freude über Barnys und Mirandas Erscheinen. Er raste mit Höchstgeschwindigkeit den Strand hinauf und hinunter, bellte wie verrückt, wenn er an ihnen vorüberflitzte, jagte ein paarmal um Miranda herum und dann wieder weiter mit sechzig Kilometern in der Stunde.

»Wie ein D-Zug«, stellte Stubs bewundernd fest. »Paßt auf, gleich ist er müde und wird sich neben Miranda legen, und dann wird er natürlich keine Ruhe vor ihr haben.«

Ein paar Minuten später bestätigte sich Stubs' Hellseherei. Lümmel, völlig außer Atem, pustend wie eine Lokomotive, ließ sich in den Sand fallen. Und da war Miranda schon bei ihm, sprang auf seinen Rücken und zog ihn an seinen langen, weichen Ohren. Er fuhr hoch und versuchte sie abzuschütteln, aber sie saß wie immer fest im Sattel und schnatterte aufgeregt.

Er raste mit ihr davon, in der Hoffnung, sich auf diese Weise von ihr zu befreien. Zum größten Vergnügen aller Badegäste gelang es ihm nicht, und Miranda sprang ab, lief zurück zu Barny und landete in seinen Armen, bevor Lümmel sie einholte.

Ein Mann kam langsam auf sie zu, ein großer, dünner Mann, den die Kinder sofort erkannten. Es war der Zauberer. Er hatte Barny und sein Äffchen beobachtet und fand, der Junge sah so aus, als müsse er Geld verdienen.

»Hallo, du!« rief er, noch ein Stück von ihnen entfernt. »Suchst du Arbeit? Ich bin der Magier vom Varieté unten am Landungssteg. Wenn du Lust hast, kannst du mit deinem Affen zu mir kommen. Ich zahle gut. Wie denkst du darüber?«

Barny hob bedauernd die Schultern. »Es tut mir leid, ich bin schon bei der Avusbahn auf dem Jahrmarkt beschäftigt, für eine Woche erst einmal. Wenn es mir dort nicht gefällt, komme ich gerne zu Ihnen.«

Der Zauberer nickte und ging weiter, und Barny sagte leise: »Habt ihr seine Augen gesehen? Ein seltsamer Bursche. Ich glaube, es ist kein Spaß, bei ihm zu arbeiten und immer diese stechenden Blicke im Rücken zu spüren.«

»Ist doch egal«, brummte Stubs, »mir würde niemals jemand so eine tolle Stellung anbieten, so was passiert mir nie. Ich wette, ich müßte Jahre herumlaufen, um Arbeit zu bekommen.«

Es wurde ein herrlicher, fauler Nachmittag. Gegen sechs Uhr erhob sich Fräulein Pfeffer, um einen kleinen Spaziergang zu machen. Die Kinder erzählten Barny von den Gästen, besonders ausführlich von Fräulein Trill. »Von der Triller mit dem Triller«, grinste Stubs, und von Dummy, dem kleinen, freundlichen Hausdiener. Barny hob erstaunt den Kopf.

»Dummy?« fragte er. »Wie sieht er aus?«

Sie beschrieben ihn genau. »Er ist wie ein Kind«, sagte Robert, »aber sehr stark. Er hat runde blaue Augen und ist nicht sehr groß.«

»Und er kann auch sehr wütend werden, hat uns der Taxifahrer erzählt«, rief Stubs. »Warum fragst du? Kennst du ihn etwa?«

»Ja, ich kenne ihn. Er muß es sein. Er war mit uns zusammen bei einem Zirkus, es ist schon ein paar Jahre her. Er hing sehr an meiner Mutter, denn sie war immer freundlich zu ihm. Der alte Dummy! Ich mochte ihn gern, er hat ein gutes Herz, aber es ist wahr, wenn er in Wut gerät, ist er gefährlich, denn er hat solche Kräfte, daß er einen Mann in die Luft werfen könnte.«

»Donnerwetter«, staunte Stubs. »Du mußt ihn dir ansehen, dann weißt du ja, ob er es ist. Und wir werden ihm heute abend gleich von dir erzählen.«

Sie sprachen noch eine Weile miteinander, bis Fräulein Pfeffer den Strand entlangkam. Trotz des Sonnenschirms, der ihr Gesicht beschattete, zwinkerten ihre Augen heftig hinter den Brillengläsern. »Zeit zum Abendessen, Kinderchen«, nickte sie ihnen freundlich zu.

Und Dina, Robert und Stubs sprangen auf und sagten: »Auf Wiedersehen, Barny, bis morgen!«

X

Schläft der Professor?

Nach dem Abendessen faßten die Kinder den Entschluß, noch einmal auf den Jahrmarkt zu gehen, doch Fräulein Pfeffer meinte: »Barny arbeitet heute zum erstenmal dort, ihr würdet ihn nur stören.«

»Ach wo«, murmelte Stubs, aber Robert sah ein, daß sie recht hatte. Sie würden ihn nur ablenken, und er bekam vielleicht Ärger.

So beschlossen sie, Dummy zu suchen, um in Erfahrung zu

bringen, ob er Barny kannte. Frau Plump war sehr erstaunt, als die drei fragten: »Können wir einen Augenblick mit ihm sprechen?«

»Wir glauben nämlich, wir haben einen Freund von ihm getroffen«, erklärte Robert. »Wir wollen es ihm erzählen und hören, ob es stimmt.«

Frau Plump schüttelte den Kopf. »Aus dem bekommt ihr nichts heraus, der spricht ja kaum ein Wort.«

»Dürfen wir es nicht trotzdem versuchen?« fragte Robert. Sie zuckte die Schultern und sagte widerwillig: »Er ist im Hof.«

Sie gingen durch die große Küche, von der aus eine Tür hinausführte. Der Hof war eng und vollgestellt mit Kisten und Kasten, Batterien von leeren Flaschen und einer Reihe von Mülleimern. Eine große bunte Katze thronte auf dem Deckel des einen.

Als die Kinder und Lümmel erschienen, war sie mit einem Satz auf der Mauer.

Dummy fegte die Steine mit einem großen Besen und drehte sich um, als Lümmel gegen die Mauer sprang und wie ein Wahnsinniger bellte. Er sah die drei an und lächelte.

»Wuff, wuff«, machte er und zeigte auf ihn.

»Hallo, Dummy«, rief Stubs, »wir wollen dich etwas fragen.«

Dummys Gesicht verfinsterte sich. Er mochte es nicht, wenn man ihn fragte. Das bedeutete soviel, daß er antworten mußte, und das Sprechen fiel ihm schwer.

Dina lachte freundlich und sagte beruhigend: »Wir wollen dir nur etwas erzählen. Wir haben einen Freund von dir getroffen, weißt du. Einen vom Zirkus, er heißt Barny.«

Dummy runzelte die Stirn, und nach einer Weile schüttelte er den Kopf. Die Kinder waren sehr enttäuscht.

»Aber er muß es doch sein«, sagte Robert leise. »Barny meinte doch gleich, es wäre sein Dummy, nach unserer Beschreibung. Zu verwechseln ist er auf keinen Fall.«

Einen Augenblick standen sie ratlos, und plötzlich hatte Dina eine Idee.

»Dummy«, begann sie von neuem, »Barny hat ein Äffchen, ein kleines braunes Äffchen, es heißt Miranda. Erinnerst du dich nicht?«

Ein glückliches Lachen erhellte sein Gesicht. Er warf den Besen weg, streckte die Arme aus und tat, als wiege er jemanden.

»Äffchen«, sagte er und dann mit großer Anstrengung: »Barny!« Er nickte ein paarmal heftig. »Barny, Barny, Barny!« sagte er und sah sich suchend um.

»Er arbeitet unten auf dem Jahrmarkt, bei der Avusbahn«, erklärte Dina.

»Gut, gut, gut«, nickte Dummy entzückt. Dann sah er Frau Plump am Fenster, griff hastig nach dem Besen und begann, wie wild zu fegen. Frau Plump klopfte an die Scheibe.

»Kommt, wir wollen lieber gehen«, flüsterte Robert, »er ist jetzt so aufgeregt. Wetten, daß er, wenn er mit seiner Arbeit fertig ist, geradewegs zum Jahrmarkt läuft?«

»Ich habe ihn gern«, sagte Dina. »Wenn die Leute netter zu ihm wären, wäre er bestimmt nicht so verängstigt und scheu. Ich glaube gar nicht, daß er so dumm ist.«

»Ich werde sehr, sehr nett zu ihm sein«, verkündete Stubs eifrig. »Er kommt mir vor wie Lümmel, so treu und zutraulich.«

»Er ist überhaupt nicht wie Lümmel«, lachte Dina, »der ist verrückt. Sieh nur, er springt immer noch an der Mauer hoch. Komm her, du Dummer, die Katze lacht dich doch nur aus.«

Sie gingen zurück durch die Küche, über den dunklen Flur und blieben einen Augenblick stehen, um zu überlegen, was sie heute abend anfangen sollten.

»Wir könnten uns ja in die Diele setzen und Karten spielen«, schlug Stubs vor, »aber wenn die Triller da ist, verzichte ich lieber.«

Fräulein Trill war nicht da, dafür aber Professor James, der wie fast immer in seinem Sessel saß und schlief. »Der stört uns nicht«, posaunte Stubs. »Erstens schläft er, und zweitens ist er stocktaub und versteht sowieso kein Wort!«

Robert grinste, lief hinauf und holte die Karten.

Sie setzten sich an einen kleinen Tisch, Robert teilte aus und sah noch einmal verstohlen zu dem Professor hinüber.

Nach einer Weile wurde es ihnen langweilig, und sie überlegten, was sie noch unternehmen könnten. Plötzlich fiel Stubs die kleine Stiege ein, die zu der Dachluke führte und von der aus man zu dem Hafen sehen konnte.

»Man müßte auf dem Dach bis an den Spalt in den Felsen kriechen, sich da hinsetzen und diesen geheimen Verein beobachten. Vielleicht sehen wir irgend etwas Interessantes.«

»Bestimmt nicht«, sagte Robert. »Wozu die Luke wohl überhaupt da ist?«

»Vielleicht für den Schornsteinfeger«, überlegte Dina.

»Unsinn!« Stubs war diese Erklärung viel zuwenig aufregend. »Fräulein Pfeffer hat mir erzählt, daß früher an der Küste geschmuggelt wurde. Wahrscheinlich haben sie von hier aus den Schmugglerschiffen Blinkzeichen gegeben, daß die Luft rein war.«

»Oder Strandräuber haben sie benutzt, um nachts Schiffe auf die Felsen zu locken«, sagte Dina.

»So eine Gemeinheit!« empörte sich Stubs.

»Vielleicht hättest du selber mitgemacht, wenn du damals gelebt hättest«, kicherte sie. »Einen Schokolade- oder einen Sahneeiskahn hättest du bestimmt gekapert. Stubs, der Seeräuber, gut, was?«

»Nie hätte ich so etwas getan!« schrie er und wurde rot wie eine Tomate. »Nie!«

Robert grinste, hielt das Kartenspiel in der Hand, blätterte es mit dem Daumen auf und ließ die Karten wieder zurückschnippen. Sein Blick fiel zufällig in den Spiegel, der ihm gerade gegenüberhing, und er sah in die weit geöffneten Augen des Professors!

Er fuhr herum. Aber nein, der Professor schlief und schnarchte leise mit halbgeöffnetem Munde.

Das war doch nicht möglich! Sollte er sich so getäuscht haben? Tat der Alte vielleicht nur so?

Dina und Stubs zankten sich noch immer über die Seeräuber.

»Schrei nicht so«, sagte sie, »du wirst uns noch das alte Scheusal auf den Hals hetzen.«

»Ist mir doch egal!« schrie Stubs. »Ich wünschte, Lümmel würde ihm auf den Bauch springen und ihm einen ordentlichen Schrecken einjagen!«

Robert warf von neuem einen verstohlenen Blick in den Spiegel. Der Professor hatte die Augen geöffnet! Jetzt war es ganz sicher. Er sah zu ihnen hinüber, und es schien, als folge er ihrem Gespräch mit großem Interesse.

Robert drehte sich ganz plötzlich um, aber wieder waren die Augen des alten Mannes geschlossen. Er tat also wirklich nur so, als schliefe er! Doch warum? Um zu lauschen? Er war doch taub! Oder etwa nicht? Was sollte das bedeuten?

Robert trommelte mit den Fingern auf die Tischplatte und pfiff leise. Wenn dieser Alte Spaß daran hatte, vorzugeben, er wäre taub und schliefe, ihm sollte es recht sein. Sollte er tun, was er nicht lassen konnte. Aber eine Unverschämtheit war es doch!

Er entschloß sich, der Sache auf den Grund zu gehen, pfiff leise und brach plötzlich ab. Er hatte eine tolle Idee. Er beugte sich weit über den Tisch und machte Stubs ein Zeichen, und der begriff sofort, daß etwas los war, und sah ihn erwartungsvoll an.

»Hör zu«, begann er mit heiserer Stimme, »niemand ist hier, nur dieser alte Trottel, dieser alte, taube Trottel, der außerdem noch schnarcht. Wir können also unbesorgt ein paar Worte über die Angelegenheit verlieren.«

»Aha«, sagte Stubs, »aha! Ich weiß Bescheid!« Er war gespannt, was Robert vorhatte, und bereit, jeden Blödsinn mitzumachen. »Du meinst die Sache mit dem Flüsterer und dem mit den falschen Papieren?«

»Stimmt«, zischte Robert. »Einmal werden wir ihnen ihr Losungswort entreißen und ihnen die Hölle heiß machen! Wir müssen den Verkleideten im Auge behalten, den mit dem falschen Bart.«

»Gut, und vergiß den verkrüppelten kleinen Finger nicht!« berauschte sich Stubs an dem Einfall, den Matrosen aus dem Zug in dieser Geschichte unterzubringen.

Dina starrte die beiden mit offenem Munde an. Waren sie total übergeschnappt? Was sollte dieser Quatsch bedeuten?

Robert sah rasch in den Spiegel. Die Augen des Professors waren weit geöffnet! Er lauschte! Das geschah ihm recht. Wenn der Alte diesen haarsträubenden Unsinn glaubte, hatte er auf alle Fälle etwas, worüber er heute abend nachdenken konnte.

Eine Stimme ließ sie plötzlich zusammenfahren. »Ihr seid noch nicht hinaufgegangen?« rief Fräulein Pfeffer. »Ihr ...« Sie unterbrach sich. »Oh, der Professor, ich habe ihn gar nicht bemerkt, sonst hätte ich nicht so laut gesprochen.«

»Ach, das schadet nichts!« posaunte Robert und gab seinem Stuhl einen tüchtigen Stoß. »Ach, das schadet gar nichts! Der schläft, der hört kein Wort, kein einziges!«

XI

Futter für einen kleinen Esel

Am nächsten Morgen trafen sie sich alle am Strand, und Barny
erzählte den dreien, daß Dummy tatsächlich sein alter Freund
vom Zirkus war. »Gestern abend, gerade nach der Arbeit, kam
mein Chef zu mir und sagte: ›Da ist jemand für dich.‹ Und
herein kam der alte Dummy.«

»Hat er sich gefreut, als er dich sah?« fragte Dina.

»O ja, das hat er. Er nahm meine beiden Hände und schüttelte
sie so, daß er mir beinahe die Arme ausgekugelt hätte. Und
dann entdeckte Miranda ihn und geriet ganz außer sich. Sie
vergißt niemanden, den sie einmal gekannt hat. Sie sprang ihm
in die Arme, und er schaukelte sie und summte dazu, wie er es

früher immer tat, als sie noch ein winziges Ding war. Ich habe beinahe geheult.«

»Hat er denn mit dir gesprochen?« fragte Robert. »Ich denke immer, er kann es überhaupt nicht.«

»Doch, doch, nur – er ist kein Engländer und hat die Sprache nie richtig gelernt. Gestern abend konnte er vor Freude zuerst wirklich nichts sagen, aber dann haben wir uns unterhalten.«

»Über was?« fragte Dina. »Über alte Freunde?«

»Ja, und über meine Mutter.« Barny schwieg einen Augenblick. »Er wußte nicht, daß sie tot ist. Er weinte, als ich es ihm erzählte, denn sie war immer so gut zu ihm. Übrigens fand er, daß ich ihr immer weniger ähnlich sehe, je älter ich werde.«

»Wieso?« fragte Robert.

»Wahrscheinlich, weil sie dunkel war, ich aber blond bin, sie hatte braune Augen, ich blaue, und sie war klein, und ich bin groß.«

»Dann wirst du bestimmt wie dein Vater aussehen«, überlegte Dina. »Dadurch finden wir ihn vielleicht schneller.«

»Ach ja, ich wollte, ich fände ihn. Aber vielleicht wäre er mir auch fremd, vielleicht wollte er mich gar nicht haben.«

»Ach wo!« schrie Stubs. »Wie kannst du nur so was sagen! Wenn wir nur, verflixt noch mal, seinen Namen wüßten, dann wäre alles ganz einfach.«

Die Kinder schwiegen, und alle dachten daran, wie aussichtslos es war, Barnys Vater zu finden. Er hätte in derselben Stadt wohnen können, und es hätte ihnen nichts genützt.

Robert nahm sich vor, Fräulein Pfeffer um Rat zu fragen. Sie würde besser als sie wissen, was man unternehmen konnte.

Lümmel erschien und trug etwas in der Schnauze. »Was hast du denn da schon wieder?« fragte Stubs. »Schon wieder einen fetten Krebs?«

Nein, es war kein Krebs, es war eine Haarbürste. Stubs nahm sie und warf seinem Liebling einen wütenden Blick zu. »Hast du immer noch nicht begriffen, daß wir hier nicht zu Hause sind? Habe ich dir nicht hundertmal gesagt, daß du keine Bürsten verschleppen sollst? Und wem gehört sie?«

»Wuff«, machte Lümmel, nicht im geringsten beeindruckt.

»Glaubst du, daß er sie aus dem Gasthaus geholt hat?« fragte Robert. »Dann muß er total übergeschnappt sein.«

»Übergeschnappt?« lachte Dina. »Der ist ganz normal, er will Miranda nur etwas zeigen, was sie nicht kann.«

»Leider«, grinste Barny, »denn sie macht alles gleich nach. Hoffentlich fängt sie jetzt nicht auch mit diesem Unsinn an, das könnte unangenehm für mich werden.«

»Das wird es erst einmal für Lümmel«, sagte Stubs und verabfolgte ihm einen Klaps. Lümmel zog sich eilig zurück und setzte sich aus Versehen auf Miranda, sprang aber sofort wieder hoch, denn sie hatte ihn tüchtig in den Schwanz gekniffen.

»Geschieht dir ganz recht«, brummte Stubs und betrachtete die Bürste genau. Sie zeigte auf der Oberfläche die Anfangsbuchstaben eines Namens, in Silber graviert: M M.

»Mathias Marvel!« rief Dina. »Dem Zauberer gehört sie, bestimmt! Er wohnt ja auf demselben Flur wie wir. Wahrscheinlich war die Tür nur angelehnt. Übrigens habe ich Lümmel gestern schon dabei erwischt, wie er aus einem fremden Zimmer kam.«

»Ich werde das Ding Herrn Marvel heute abend zurückgeben«, entschied Stubs, »ich habe keine Lust, jetzt ins Gasthaus zu laufen. Kommt, wir wollen baden.«

Alle waren einverstanden, nur Miranda verzichtete lieber. Sie sprang dicht vor den anrollenden Wellen hin und her, vor und zurück und war ängstlich darauf bedacht, daß auch nicht ein Härchen naß wurde. Nach und nach versammelte sich eine Menge Kinder um sie, und ihr Lachen hallte laut über den Strand. Lümmel schwamm unterdessen neben Stubs her, Barny aber war weit voraus. Er war glücklich, wieder bei seinen Freunden zu sein.

»Hast du heute nachmittag Zeit, Barny?« fragte Robert, als sie später am Strand lagen und sich von der Sonne trocknen ließen.

»Ja, ich fange erst um sechs Uhr an. Was habt ihr vor?«

»Wissen wir noch nicht«, gähnte Stubs, »aber ich hätte Lust, ein Boot zu mieten.«

Robert nickte. »Prima! Wollen wir zum Rubadubstrudel rudern? Den möchte ich gerne sehen.«

»Und wo ist er?« fragte Barny interessiert.

»Ach, gar nicht so weit, in den Riffen, hinter denen der Unterseeboothafen liegt.«

»Gut«, sagte Barny, »dann fahren wir heute nachmittag hinaus. Ich habe noch nie einen Strudel gesehen.«

Inzwischen war es Zeit zum Essen geworden, und Robert, Dina und Stubs liefen nach Hause. Sie liefen hinauf, wuschen sich, und Stubs sagte:

»Ich will die Bürste lieber gleich zurückbringen. Hoffentlich ist Herr Marvel nicht da, dann kann ich mich hineinschleichen. Vielleicht hat er auch noch gar nicht gemerkt, daß sie weg ist. Dann brauche ich ihm nicht zu sagen, daß Lümmel sie verschleppt hat.«

Er klopfte leise an die Tür und lauschte. Nichts war zu hören. Vorsichtig drückte er die Klinke herunter, und die Tür öffnete sich geräuschlos.

Er tat ein paar Schritte und blieb plötzlich stehen.

Herr Marvel saß an einem ganz mit Karten bedeckten Tisch, auf denen große Zahlen standen. Er nahm eine nach der anderen und schrieb eifrig. Stubs wußte nicht, was er tun sollte, und räusperte sich endlich verlegen.

Herr Marvel sprang auf, starrte ihn an und schob die Karten mit einer hastigen Bewegung zusammen. »Was willst du? Wie kannst du es wagen, hier einzudringen?« Dann schien es ihm zum Bewußtsein zu kommen, daß es nur ein kleiner Junge war, der dort stand, und er zwang sich zu einem Lächeln.

»Ich bin gerade damit beschäftigt, einen meiner Tricks auszu-
arbeiten, war tief in Gedanken versunken und habe dich nicht
kommen hören. Was willst du denn?«

»Äh, es, äh, es tut mir leid«, stotterte Stubs, erschreckt über
den unfreundlichen Empfang. »Es ist nur wegen Lümmel, er
hat heute morgen Ihre Haarbürste stibitzt, und ich wollte sie
zurückbringen.«

»Oh, vielen Dank«, sagte Herr Marvel, legte sie auf den Tisch
und zog Stubs zu sich heran. »Warum wäschst du dir die Ohren
nicht, mein Junge?«

»Das tue ich doch«, sagte Stubs verstört.

»So? Dir wachsen ja schon Kartoffeln dahinter.« Mit diesen
Worten zog der Zauberer je eine Kartoffel hinter Stub's Ohren
hervor. Der starrte mit offenem Munde darauf.

»Und warum bist du so leichtsinnig und trägst deine Arm-
banduhr in der Tasche?« fuhr Herr Marvel fort. »Man könnte
sie dir stehlen, so, wie ich es jetzt tue.« Er griff in Stubs' Hosentasche und zeigte ihm eine funkelnagelneue Uhr.

Stubs war sprachlos.

»Und was ist das?« fragte er und hielt Stubs zwei Mohrrüben
unter die Nase, die er aus der anderen Hosentasche gezaubert
hatte.

»Futter für einen kleinen Esel, wie?« Herr Marvel lachte leise.
»Du magst doch Mohrrüben? Dann kannst du sie ja gleich aufessen!«

XII

Strudel pflegen die Menschen tief herabzuziehen

Die anderen waren schon im Speisesaal versammelt, als Stubs
mit hochrotem Gesicht herunterkam. Fräulein Pfeffer betrachtete
ihn verwundert und vorwurfsvoll und fragte: »Warum kommst
du jetzt erst? Wo warst du nur so lange?«

»Ich wurde aufgehalten«, sagte Stubs möglichst gleichgültig.
»Herr Marvel mußte erst die Kartoffeln hinter meinen Ohren
entfernen und eine Uhr und das Gemüse aus meinen Hosen-
taschen holen.«

»Hat er etwa Zaubertricks an dir ausprobiert?« schrie Dina.
»Du hast Glück! Aber das mit den Kartoffeln glaube ich nicht!«

Stubs maß sie mit einem verächtlichen Blick. »Das ist deine Sache.« Und dann wandte er sich an die anderen. »Der war zuerst ganz schön wütend, als ich plötzlich in seiner Bude auftauchte, ist, wie von der Tarantel gestochen, hochgefahren und hat seine Karten versteckt, als ob ich ihm seine Kunststückchen abgucken wollte. Ich bin mir übrigens immer noch nicht im klaren, ob ich ihn nett finden soll oder nicht.«

In diesem Augenblick erschien Herr Marvel in der Tür, und Fräulein Pfeffer gab Stubs einen Wink. Und dann kamen der Clown und Iris Nachtigall herein. Stubs sah sie sofort, grinste sie an, und sie lachte zurück.

»Sie ist furchtbar nett«, flüsterte er, »ich habe heute vormittag mit ihr gesprochen. Sie sagte, wir sollten einmal ins Varieté kommen, sie würde dann alle meine Lieblingslieder singen!«

»Ha«, rief Robert, »hoffentlich kennt sie dann dein Leib- und Magenlied ›Sing, Nachtigall, sing‹!«

»Halt die Klappe«, zischte Stubs, »oder hast du Lust, einen meiner berüchtigten rechten Schwinger zu kassieren?«

»Benimm dich«, ermahnte Fräulein Pfeffer und erhob ihrerseits die Stimme. Stubs schielte sie unter seinen dicken blonden Augenbrauen hervor finster an.

Ein Vogel flog durch das geöffnete Fenster, flatterte erschreckt wieder hinaus, und Stubs ergriff die günstige Gelegenheit, um Fräulein Pfeffer eins auszuwischen.

»Haben Sie den kleinen Vogel gesehen, Fräulein Triller?« flötete er. »Er hat getrillert. Ich liebe Vögel so sehr, Sie auch?«

Fräulein Trill sah ihn kühl an und meinte dann, zu der alten Erzieherin gewandt: »Ihr kleiner Junge scheint ein sehr schlechtes Gedächtnis für Namen zu haben, nicht wahr? Es ist traurig, aber mancher lernt es nie!«

»Schade«, flüsterte Robert, »eins zu null für die Triller.« Der Clown, der interessiert zugehört hatte, brach in schallendes Gelächter aus, was Stubs maßlos erbitterte. Er begann hastig, von etwas anderem zu sprechen, sonst hätten sie sich noch länger auf seine Kosten amüsiert. »Fräulein Pfeffer, wir nehmen uns heute nachmittag ein Boot und rudern zum Strudel.«

»Aber nicht allein«, bestimmte sie, »versucht, einen Fischer zu finden.« Die drei waren sehr enttäuscht.

»Warum?« fragte Robert. »Sie wissen doch, daß wir gut rudern können.«

»Davon weiß ich gar nichts. Ich weiß nur, daß ihr auf keinen Fall alleine fahrt!«

»Sehr richtig«, sagte jemand ganz unerwartet, »ein außerordentlich gefährlicher Platz, besser für Kinder, ihn zu meiden!«

Es war Herr Marvel. Und Professor James legte die Hand hinters Ohr und fragte: »Wie? Wovon ist die Rede?«

»Vom Rubadubstrudel«, brüllte Stubs, und alle fuhren zusammen.

»Ah! Ein gefährlicher Platz«, nickte der Professor. »Dahin sollten Sie sie nicht lassen. Besser für Kinder, sich davon fernzuhalten!«

»Das würde ich auch raten«, ließ sich Fräulein Trill vernehmen und sah so aus, als liefe ihr eine Gänsehaut über den Rücken. »Strudel pflegen die Menschen tief herabzuziehen, tief, tief! Es ist gräßlich, nur daran zu denken!«

»Aber, Fräulein Pfeffer, das ist doch gerade das Sehenswürdige«, jammerte Stubs. »Wir rudern auch nicht alleine. Seien Sie kein Feigling, bitte!«

»Nehmt Binns«, mischte sich der Clown ins Gespräch, »ich bin schon oft mit ihm gefahren. Er weiß mit dem Strudel genau Bescheid und rudert die Feriengäste seit Jahren dorthin.«

»Also gut«, nickte Fräulein Pfeffer, »ich werde euch selbst zum Bootssteg bringen, und vielleicht entschließe ich mich sogar, euch zu begleiten.«

»Prima«, sagte Robert. »Das ist also abgemacht. Barny und Miranda kommen auch mit.«

Als sie nach dem Essen aufbrechen wollten, sprach der Clown Fräulein Pfeffer an.

»Sie sollten heute abend mit den dreien in die Vorstellung kommen. Heute ist der Kinderwettbewerb, vielleicht gewinnt eins von ihnen einen Preis. Sagen Sie dem Kleinen, er soll sein Banjo und seine Zither mitbringen. Er wird Riesenerfolg haben!«

Er ging davon, und die alte Erzieherin sah ihm erstaunt und heftig zwinkernd nach. »Aber du hast doch gar kein Banjo und auch keine Zither, Stubs, nicht wahr?« fragte sie ratlos. »Was meinte er nur?«

»Ach, er hat nur Spaß gemacht«, murmelte Stubs. »Das sollte wohl ein guter Witz sein. Aber es wäre prima, wenn wir heute abend hingingen. Ich möchte den Zauberer gern sehen.«

»Und Iris Nachtigall gern hören, wenn sie dein Leib- und Magenlied singt«, grinste Robert und entfloh, als Stubs sich auf ihn stürzen wollte.

Unten an der Mole trafen sie Barny und Miranda, und Fräulein Pfeffer fand einen vertrauenerweckend aussehenden Fischer, der sich bereit erklärte, sie zum Strudel zu rudern.

»Zu Ihren Diensten, meine Dame«, sagte er. »Und Angst brauchen Sie keine zu haben. Wenn einer in den Strudel fällt, hole ich ihn schon wieder heraus, ich habe einen starken Boots-haken.«

Das klang nicht beruhigend. Doch Fräulein Pfeffer wollte ihr Versprechen halten. Die Kinder wären zu traurig gewesen.

»Ich hoffe«, sagte sie, »der Hund und das Äffchen stören Sie nicht?«

»Keine Sorge«, beruhigte der Mann lachend. »Ich hätte meinen Papagei mitbringen sollen, dann hätte der auch mal nette Gesellschaft gehabt. So, und nun kann's losgehen. Willst du ein Ruder nehmen, junger Mann?« Barny nickte, und sie glitten schnell über das Wasser und drehten dann links bei.

»Hinter diesem Felsen ist der Strudel«, erklärte der Mann.

»Zwischen den beiden dort müssen wir durch, und dann sind wir da und müssen aufpassen, daß wir nicht hineingeraten.«

»Wuff«, machte Lümmel, der sich die Zeit damit vertrieb, von einem Ende des Bootes zum anderen und wieder zurück zu jagen. Miranda saß währenddessen auf Barnys Schulter und freute sich, daß sie durch rhythmische Bewegung seiner Arme hin- und hergeschaukelt wurde.

Als sie die Felsen umschifft hatten, sahen sie in ihrer Mitte einen schmalen, gewundenen Tunnel. Es schien, als habe sich das Meer einen Weg gebahnt, um in die Bucht zu strömen.

Die hohen Felsen ließen nur ein paar Sonnenstrahlen in die enge Durchfahrt fallen, in die sie nun hineinruderten. Nach einer Weile hörten sie ein immer stärker werdendes Brausen und Brodeln und Zischen.

»Der Rubadubstrudel!« sagte der Fischer. »Jetzt müssen wir scharf aufpassen!«

Langsam glitten sie weiter und spürten plötzlich einen Ruck. Selbst die äußersten Ausläufer des Strudels versuchten, alles, was in ihren Bereich geriet, in seine Mitte zu ziehen.

Sie ruderten um eine Biegung, drehten dann schnell bei, und der Fischer warf ein Tau um einen Pfahl, der vor einem flachen Felsvorsprung aus dem Wasser ragte.

Vor ihnen lag der Strudel. Das Wasser zischte, brodelte, kochte und sprühte hoch auf nach allen Seiten. Und dann sank es mit einem gräßlichen Gurgeln in sich zusammen.

»Das ist ein feines Ding«, sagte der Fischer, »das beste, das ich je gesehen habe. Und ich habe schon viele gesehen. Will jemand aussteigen und auf den Felsen gehen? Dann kann ich euch auch das Waschbrett zeigen.«

Einer nach dem andern sprang hinüber, sogar Fräulein Pfeffer, die völlig fasziniert von dem quirlenden, ruhelosen Wasser schien. Sie kletterten auf einen schmalen Sims, der an den Klippen entlangführte.

Dann erreichten sie eine Plattform, die direkt über den Strudel hinausragte. Der Blick in die brodelnde Tiefe war atemberaubend. Der Mann nahm ein Stück Holz, warf es in die wildkreisenden Wassermassen, und in wenigen Sekunden war es in dem wirbelnden Trichter verschwunden.

»Das sieht kein Mensch wieder«, sagte er. »Geht nicht zu nahe an den Rand und rutscht nicht aus.«

Fräulein Pfeffer faßte unter heftigem Augenzwinkern Stubs' Arm und wünschte, sie wären wieder im Boot. Aber der alte Mann war noch nicht fertig.

»Nun paßt auf, wenn der Strudel das nächste Mal in sich zusammenfällt, könnt ihr den Felsen sehen, der wie ein Waschbrett aussieht. Er ist gerade gegenüber.«

Das Wasser wallte auf, brodelte, sprühte hoch empor und sank dann in sich zusammen, tiefer und tiefer. Und dann sahen sie den Felsen. Er ragte senkrecht in die Höhe, war länglich geformt und von oben bis unten geriffelt.

»Neptuns Waschbrett«, lachte der Fischer. »Wahrscheinlich haben die Nixen ihm darauf seinen Sonntagsstaat gewaschen.«

»Das wäre nicht gegangen«, sagte Dina, »die Kleider wären in die Tiefe gezogen worden.«

»Das hat den Nixen sicher besonderen Spaß gemacht. Weißt du, was die Leute sagen? Sie sagen, daß in alten Zeiten Strandräuber und Schmuggler ihre Feinde hier verschwinden ließen.«

»Nicht!« rief Dina entsetzt. »Ich werde heute nacht davon träumen. Gibt es sonst noch etwas zu sehen?«

»Ja, jetzt zeige ich euch noch das Luftloch.«

XIII

Eine seltsame alte Geschichte

Sie gingen auf dem Sims zurück, bis zu einer natürlichen Treppe im Felsen, stiegen da hinauf und standen endlich auf dem Grat.

Dort oben war der Wind sehr stark, er trieb Dina die Haare ins Gesicht, und Fräulein Pfeffer nahm ängstlich ihren Arm.

Von hier aus konnten sie den Unterseeboothafen überblicken, und der Mann sagte: »Ihr wißt sicher, was dort vor sich geht? Streng geheime Versuche. Niemand darf hinein, noch nicht einmal wir Fischer. Früher, als ich noch ein Junge war, kannte ich da jede Ecke. Seht euch an, wie geschützt er ist.«

Der Hafen war vollständig von Felsen eingeschlossen, und kein Schiff konnte ihn verlassen, ohne kontrolliert zu werden. Oben auf den Klippen patrouillierten Soldaten Tag und Nacht.

»Seht ihr«, sagte der Fischer, »einer beobachtet uns durch sein Fernglas. Aber er weiß, daß wir nicht weiterkommen. Wer es versucht, fliegt sofort in die Luft, alles ist vermint!«

»Wie außerordentlich gefährlich!« sagte Fräulein Pfeffer nervös und zwinkerte heftig.

»Kein Grund zur Sorge, meine Dame, das ganze Gebiet ist mit Stacheldraht abgesperrt.«

»Und wo ist nun das Luftloch?« fragte Robert.

»Seht mal da hinüber.« Der Fischer zeigte zum Land, wo die Felsen, auf denen sie standen, begannen.

Und plötzlich sahen sie, ganz nahe der Küste, einen riesigen Wasserstrahl daraus hervorschießen.

»Was ist denn das?« fragte Dina.

»Das ist das Luftloch! Habt ihr noch nie eins gesehen? Es gibt viele an unserer Küste, manche groß, manche kleiner. Von dem da führt ein Gang vom Land in den Felsen bis zum Strudel. Und wenn Flut ist, wie jetzt, wird ein Teil des Wassers vom Strudel in den Gang gepreßt und auf der anderen Seite wieder hinausgeschleudert. Paßt auf, gleich kommt eine neue Ladung.«

Stubs war begeistert. »Und das passiert nur bei Flut? Warum nicht immer?«

»Bei Ebbe sinkt das Wasser so tief, daß es unter dem Gang steht«, sagte der Fischer.

»Und wo ist der Eingang?« fragte Robert. »Wahrscheinlich kann man ihn bei Flut gar nicht sehen.«

»Doch, doch, wenn sie zurückgeht. Vielleicht kann ich ihn euch nachher zeigen. Es gibt übrigens eine seltsame alte Geschichte darüber.«

»Was für eine?« fragte Stubs. Für seltsame alte Geschichten interessierte er sich immer.

»Nun«, begann der Mann, »es wird erzählt, daß vor vielen, vielen Jahren Schmuggler jemanden los sein wollten, ihn in der Nacht hierherschleppten und in den Strudel warfen.« Er schwieg einen Augenblick, und Stubs drängte: »Und was dann?«

»Der Bursche, den sie hineingeworfen hatten, war ein starker Kerl. Ehe der Sog ihn hinunterzog, warf er sich mit aller Kraft gegen die Klippen. Er konnte sich an einem Felsvorsprung festhalten, aber er konnte sich nicht mehr daran hochziehen.«

»Wurde er gerettet?« fragte Dina atemlos.

»Die Flut ging zurück, und das Wasser sank mehr und mehr, und der Mann ließ sich tiefer und tiefer am Felsen herunter, bis er schließlich direkt vor sich eine schwarze Öffnung sah.«

»Die Öffnung zu dem Gang!« sagte Robert.

»Richtig, die war es. Und der Mann kroch durch den Gang bis zum Luftloch. Er war gerettet. Und stellt euch vor, was die Kerle, die glaubten, er wäre ertrunken, für Gesichter gemacht haben, als er plötzlich wieder auftauchte. Gerannt werden sie sein, als wäre der Teufel hinter ihnen her.«

»Klar«, sagte Stubs, und seine Augen leuchteten. »Geschieht ihnen recht, diesen Biestern!«

»Hoffentlich sind sie erwischt worden und haben ihre Strafe bekommen.«

Sie standen noch eine Weile und sahen hinüber zu der Stelle, aus der in regelmäßigen Abständen das Wasser mit ungeheurer Gewalt herausschoß. Langsam gingen sie zurück. Der Strudel kreiste noch immer in endlosem Rhythmus, das Wasser brodelte, zischte, stieg und wurde dann gurgelnd in die Tiefe gezogen.

»Seht euch Lümmel an«, sagte Stubs, »er ist still wie ein Mäuschen. Du hast Angst, mein Lieber, was?«

Ja, Lümmel fühlte sich nicht wohl in seiner Haut und versuchte, sich so weit wie möglich von diesem unheimlichen Platz zu entfernen. Er zog und zerrte an der Leine, an die sein Herrchen ihn genommen hatte.

Miranda aber schlief fest unter Barnys Hemd. Ihr war es langweilig geworden.

»Sie haben uns den Eingang noch nicht gezeigt«, erinnerte Stubs.

Der Mann nickte. »Während ich das Boot losmache, könnt ihr warten, bis das Wasser wieder in den Strudel gezogen wird. Ihr müßt auf den Felsen mit dem großen Buckel achten, darunter ist die Öffnung. Vielleicht ist es schon soweit, und ihr könnt sie erkennen.«

Stubs, Robert und Barny blieben und warteten. Sie entdeckten den Felsen sofort, aber den Eingang sahen sie nicht. Die Flut war wohl doch noch zu hoch.

»Ein prima Nachmittag«, stellte Robert zufrieden fest, als sie zurückruderten. »Kann ich alles gut verwenden, wenn wir wie immer den unvermeidlichen Aufsatz liefern müssen: ›Mein schönstes Ferienerlebnis‹ oder so. Die Geschichte von dem Mann, der in den Strudel geworfen wurde, könnte ich auch darin unterbringen. Muß übrigens entsetzlich gewesen sein, durch den Gang zu kriechen, immer in der Angst, von der Flut eingeholt zu werden.«

Alle schwiegen. »Ich bin hungrig«, sagte Stubs plötzlich, »hat jemand noch ein bißchen Schokolade?«

Doch nicht ein Stückchen war übriggeblieben, und er mußte sich gedulden, bis sie an Land waren. Fräulein Pfeffer bezahlte den Fischer, und dann gingen sie in die Stadt, um Tee zu trinken. Stubs hatte am Vormittag eine kleine Konditorei ausfindig gemacht, in der es ausgezeichnete Mandeltorte gab.

»Toll, sage ich euch«, schwärmte er, »ich habe mir heute morgen schon ein Stück einverleibt, schmeckte grandios!«

»Das Zeug liegt schwer«, sagte Robert grinsend, »wenn du zuviel davon ißt, träumst du heute nacht bestimmt, du würdest in den Strudel gezogen.«

»Das ist es mir wert«, sagte Stubs genießerisch und war sehr enttäuscht, als Fräulein Pfeffer ihm auch jetzt nicht mehr als ein Stück zugestand.

Später schlenderten sie die Promenade entlang, blieben am Landungssteg stehen und betrachteten die Plakate mit dem Programm der Varietévorstellung.

»Scheint gut zu sein«, murmelte Stubs und las: »Kommen Sie! Lachen Sie über Fred, den Clown, das Wunder der Komik! Staunen Sie über den einmaligen Mathias Marvel und seine Magie! Erleben Sie Gesang und Tanz, dargeboten von der weltberühmten Sängerin Iris Nachtigall und dem weltberühmten Tanzpaar Judy Jordan und John Jordan! Heute abend der große allwöchentliche Kinderwettbewerb!«

»Prima!« sagte er. »Vielleicht gewinne ich den ersten Preis, fünf Mark könnte ich gut gebrauchen. Ich weiß überhaupt nicht, wo mein Geld immer bleibt.«

»Aber ich! Soll ich es dir verraten?« fragte Robert hilfsbereit. Doch Stubs wollte es gar nicht wissen. »Barny«, sagte er, »du und Miranda, ihr beide müßt mitmachen, ihr hättet einen Riesenerfolg!«

»Ich habe keine Zeit, das weißt du ja«, lachte Barny und streichelte Miranda zärtlich.

»Ach ja, stimmt. Na, dann werde ich mich mal wieder opfern müssen, um die Ehre der Familie zu retten«, brummte Stubs, begann sein imaginäres Banjo zu spielen und brachte wieder dieses an den Nerven zerrende, metallisch summende Geräusch zwischen den Zähnen hervor.

»Bitte, nicht hier auf der Straße!« ermahnte Fräulein Pfeffer. »Ist es übrigens dies, womit du heute abend die Ehre der Familie zu retten gedenkst? Weißt du«, fügte sie augenzwinkernd hinzu, »ich werde dann bestimmt so aufgeregt sein, daß ich gar nicht weiß, wohin ich sehen soll, wenn du auf der Bühne stehst.«

Stubs grinste. »Ach, tun Sie das, was alle tun, und sehen Sie nur auf mich. Dann vergeht Ihnen die Aufregung schon.«

»Ich finde die Zither besser«, sagte Dina.

»Und wie wär's mit einer Mundharmonika?« Er tat, als zöge er eine aus der Tasche, klopfte sie aus, setzte sie an die Lippen und ließ eine Reihe von Tönen hören, die nicht von der einer Mundharmonika zu unterscheiden waren.

»Nun ist es genug«, bestimmte Fräulein Pfeffer hastig, als sich eine Menge neugieriger Kinder um sie versammelte.

»Ich könnte mir meinen Lebensunterhalt gut und gerne auf diese Weise verdienen«, behauptete Stubs kühn. »Ich brauchte mich nur an eine belebte Ecke zu setzen und solche Musik zu machen. Wetten, daß der Hut, den ich hinhalten würde, im Handumdrehen mit Groschen bis zum Rand voll wäre?«

»Wetten, daß du einen Vogel hast?« lachte Dina. »Komm endlich!«

XIV

In der Vorstellung

»Wir kommen!« rief Stubs beim Abendessen zu Iris Nachtigall
hinüber. »Wir kommen heute in die Vorstellung, und klatschen
werden wir, daß die Wände wackeln!«

»Das ist schön!« Sie lachte ihn freundlich an. »Und wir werden uns sehr große Mühe geben!«

»Vergiß nicht, Ohren und Hals zu waschen, junger Mann,
damit ich nicht noch mehr Kartoffeln finde«, sagte Herr Marvel.

Bei dem allgemeinen Gelächter, das diesen Worten folgte, runzelte Stubs die Stirn und entschloß sich augenblicklich, Herrn Marvel nicht den geringsten Beifall zu spenden. Was fiel diesem Ekel eigentlich ein, hier in aller Öffentlichkeit von ungewaschenen Ohren zu reden?

»Ich werde heute auch dabeisein«, ließ sich Fräulein Trill vernehmen. »Es ist doch Kinderwettbewerb, nicht wahr? Ich finde es zu süß, wenn die lieben Kleinen ihre lustigen Liedchen und Gedichte vortragen, diese Lieblinge!«

Stubs war gar nicht begeistert. Damit hatte er nicht gerechnet. Der Gedanke, daß Fräulein Trill zusah, wenn er auf der Bühne stand, war ihm ziemlich widerwärtig.

Die wandte sich jetzt mit strahlendem Lächeln an Fräulein Pfeffer. »Will eines Ihrer lieben Kinderchen sich an dem Wettbewerb beteiligen? Das kleine Mädchen vielleicht? Ich bin sicher, es tanzt wie eine Elfe!«

Wenn es etwas gab, was Dina nicht mochte, so war es das, ein kleines Mädchen genannt zu werden. Sie war rot und sah verlegen zu der alten Erzieherin hinüber.

»Meinen Sie Dina?« sagte Fräulein Pfeffer und betrachtete Fräulein Trill kühl durch ihre dicken Brillengläser. »Ich wundere mich immer, wenn man sie ein kleines Mädchen nennt. Sie ist doch schon recht groß, kaum kleiner als Sie selbst.«

Dina hätte sie für diese Worte umarmen können und warf ihr einen dankbaren Blick zu. Warum begriffen manche Erwachsenen nie, daß Kinder es verabscheuten, nicht für voll genommen zu werden. Sie saß ganz gerade, um noch größer zu erscheinen.

»Warum machen Sie nicht mit, Fräulein Trill?« fragte Stubs unschuldig. »Sicher können Sie trillern wie eine Lerche!«

Der Clown lachte auf, zog schnell sein Taschentuch und tat, als würde er von einem Hustenanfall geschüttelt. Fräulein Pfeffer warf Stubs einen ihrer scharfen Blicke zu, aber anscheinend war diese Bemerkung als Kompliment aufgefaßt worden.

»Tatsächlich, ich habe als Kind ganz reizend gesungen, du hast es erraten. Du bist ein süßer kluger Junge, nicht wahr?«

»Sie könnten einmal für Iris Nachtigall einspringen, wenn sie einen Abend frei haben möchte«, sagte der Clown. »Sie wären die Überraschung des Abends!«

»O nein, nein«, wehrte Fräulein Trill, nun doch etwas nervös geworden, ab, »ich würde nie so singen wie die liebe Iris. Ah, da kommt die Nachspeise, Eis mit Sahne. Wie aufmerksam von der lieben Frau Plump. Sie weiß genau, was ihren Gästen bei dieser Wärme Kühlung verschafft.«

Nach Fräulein Pfeffers Beobachtung pflegte Fräulein Trill nur dann zu schweigen, wenn sie etwas besonders Gutes aß, genau wie Stubs. Und so seufzte die arme Erzieherin erleichtert, als der Kellner auch vor ihn eine riesige Portion Eis auf den Tisch stellte. Übrigens war es seltsam, daß er immer mehr als die anderen bekam. Wahrscheinlich hatte er mit dem Kellner Freundschaft geschlossen und ihm einen Wink mit dem Zaunpfahl gegeben.

Die Vorstellung begann um acht Uhr. Der Zauberer, der Clown und Iris Nachtigall tranken hastig ihren Tee und verschwanden.

»Wie wäre es, wenn wir noch einen Augenblick in der Diele zusammenblieben?« wandte sich Fräulein Trill an Fräulein Pfeffer. Doch die verspürte nicht die geringste Lust dazu.

»Vielen Dank, ich trinke heute abend keinen Tee. Ich möchte mich mit den Kindern noch ein wenig draußen auf die Bank setzen. Die Luft ist so schön.«

»Ach, lassen Sie uns doch bitte gleich gehen«, bettelte Stubs, dem die freudige Erwartung keine Ruhe ließ. »Wir müssen gute Plätze haben, denn ich muß unbedingt herauskriegen, wie die Zaubertricks funktionieren, und deshalb muß ich ganz vorne sitzen. Haben wir Schokolade, damit wir während der Vorstellung essen können?«

»Die haben wir nicht«, sagte Fräulein Pfeffer und schüttelte den Kopf über soviel Unersättlichkeit. »Es ist wirklich nicht nötig, daß ihr nascht, besonders nach einem solch vorzüglichen Essen.«

»Auch gut«, brummte Stubs, »ich werde mich an einen Rest Kaugummi halten.« Er begann in seiner Hosentasche zu kramen.

»Den gibst du besser mir«, sagte sie. »Dieses ewige Kauen schätze ich gar nicht.«

»Ach, du meine Güte«, grinste Stubs, »ich dachte schon, Sie wollten ihn für sich haben. Aber Sie brauchen ja nicht hinzugucken, wenn ich kaue.«

Fräulein Pfeffers Augen zwinkerten heftig. Sie holte tief Luft und sagte: »Nun gut, kauft euch eine Tafel Schokolade.«

»Mein lieber Vetter«, sagte Robert, »dein lieber Hund hat sich ins Haus begeben. Ich würde mich einmal um ihn kümmern. Wette, daß er gleich etwas herausschleppt?«

Wahrhaftig, Lümmel erschien eifrig wedelnd und brachte eine kleine Matte mit. Er legte sie Stubs zu Füßen und sah ernsthaft zu ihm auf.

»Du Racker«, sagte sein Herrchen, »jetzt fängst du schon wieder mit diesem Blödsinn an. Bring das Ding sofort zurück!«

Lümmel trottete davon, jedoch ohne die Matte. »Jetzt holt er die nächste«, weissagte Dina. »Fräulein Pfeffer, wollen wir nicht gehen?«

Sie nickte. »Stubs, du kümmerst dich um die Matte, hörst du?«

Er rannte ins Haus, unentwegt und mit großem Genuß nach seinem Liebling schreiend, und stieß mit dem Professor und Fräulein Trill zusammen.

»Oh, Verzeihung, ich bin untröstlich! Ich habe Sie überhaupt nicht bemerkt. Gehen Sie jetzt zur Vorstellung? Wir sehen uns dort, bis dahin.« Er raste weiter wie ein D-Zug.

»Was dieser Junge braucht, ist eine ordentliche Tracht Prügel«, stellte der Professor fest. »Ständig jagt er ohne Rücksicht auf seine Mitmenschen einher und schreit wie am Spieß. Keine Manieren, keine!«

»Ganz recht, aber Kinder bleiben Kinder«, flötete Fräulein Trill. »Die lieben kleinen Dinger, ich liebe sie so. Sie nicht auch?«

»Nein! Ich wünschte sie alle zum Teufel!« Nach dieser mit Inbrunst hervorgebrachten Bemerkung schwieg er und ging weiter, während Fräulein Trill eifrig schwatzend, klingelnd und klirrend neben ihm herflatterte, wie immer eine Wolke starken Rosenduftes zurücklassend.

Stubs und Lümmel hatten die anderen bald eingeholt. Sie gelangten an das Drehkreuz, bezahlten und gingen den Steg entlang, ein paar Stufen hinunter zu dem großen Zelt, das am Strand aufgeschlagen war. Es besaß eine schöne Bühne, und das Dach war zurückgeschlagen, denn es war sehr warm.

»Prima«, sagte Robert, »setzen wir uns in die erste Reihe?«

Aber dort war kein Platz mehr frei, und sie mußten mit der zweiten vorliebnehmen. Erwartungsvoll saßen die drei auf ihren Stühlen. Fräulein Pfeffer hatte zwei Programme gekauft, und sie studierten sie aufmerksam.

Nach einer Weile erschienen Fräulein Trill und der Professor, doch sie blieben ganz am Ende des Zeltes, denn die Vorstellung schien sich großer Beliebtheit zu erfreuen und war beinahe schon ausverkauft. Fräulein Trill winkte den Kindern zu, und sie winkten höflich zurück.

Punkt acht Uhr erklang fröhliche Klaviermusik hinter dem Vorhang, und langsam öffnete er sich. Das Programm begann mit Gesang und Tanz, wurde mit zwei kleinen Sketschen fortgesetzt, und zwischendurch machte der Clown seine Späße.

Iris Nachtigall bewies, daß sie wirklich über eine hübsche Stimme verfügte, und da sie überdies reizend aussah, hatte sie viel Erfolg. Stubs klatschte so begeistert, daß ihm die Hände weh taten. Und er klatschte noch immer, als alle anderen schon aufgehört hatten.

»Laß das«, zischte Robert. »Die Leute sehen schon her!«

»Da capo!« brüllte Stubs. »Da capo!« Und er war außer sich vor Entzücken, als Iris noch einmal erschien und ein kleines Lied zugab. Er strahlte sie an, und sie lächelte amüsiert zurück.

Der nun folgende Steptanz Judy Jordans veranlaßte Stubs schon jetzt, nach dem Rhythmus ihrer klappernden Absätze sein imaginäres Banjo zu zupfen. Fräulein Pfeffer brachte ihn schnell zur Ruhe, als sie das wohlbekannte, an ihren armen Nerven zerrende Geräusch hörte.

Aber das Beste an der ganzen Vorstellung war der Zauberer. Er trug einen spitzen Hut, einen weiten Umhang, und sein Gesicht blieb unbewegt. Dina fand ihn sehr unheimlich.

»Er ist ausgezeichnet, tatsächlich«, flüsterte Fräulein Pfeffer ihr zu, »er versteht sein Handwerk, das muß ich sagen!«

Das Publikum starrte ihn gebannt an. Er zauberte die unmöglichsten Dinge aus der Luft. Karten, eine Taube, Zigaretten und endlich einen großen Rosenstrauß, den er mit einer Verbeugung Iris überreichte.

Und dann verkündete er, daß die verehrten Anwesenden jetzt in den Genuß einer besonderen Darbietung kämen. Er hob den Zauberstab mit beschwörendem Blick und murmelte unverständliche Worte. Und plötzlich loderten Flammen über seinem Kopf auf. Es war grandios!

Doch das war noch nicht alles, was Herr Marvel zu bieten hatte. »Und jetzt«, sagte er und legte den Zauberstab beiseite, »jetzt werden Sie sich von meinen Fähigkeiten als Hellseher überzeugen können!«

XV

Stubs' großer Erfolg

»Das muß man gesehen haben«, flüsterte jemand hinter ihnen, »es grenzt ans Wunderbare!«

Iris, anscheinend nun Herrn Marvels Assistentin, trat an die Rampe, verbeugte sich, und er befahl: »Legen Sie mir die Binde vor die Augen.« Sie nahm ein großes schwarzes Tuch, befolgte seine Anordnung und drehte ihn herum, so daß er mit dem Rücken zum Publikum stand. Selbst Stubs war davon überzeugt, daß er jetzt nichts mehr sehen konnte.

Dann ging sie durch die Zuschauerreihen und sammelte die

verschiedensten Gegenstände ein. Lächelnd legte sie dabei den Finger an den Mund und flüsterte:

»Wir dürfen nichts verraten. Keine Bemerkung, die Herrn Marvel helfen könnte! Es soll alles mit rechten Dingen zugehen.«

Sie ging zurück auf die Bühne, trat an die Rampe und hielt eine kleine goldene Brosche in die Höhe, die ihr ein junges Mädchen gegeben hatte.

»Was halte ich in meiner Hand, Herr Marvel?«

Der Zauberer ließ seinen weiten Umhang hin- und herschwingen und murmelte mit tiefer, dumpfer Stimme unverständliche Worte. Lümmel, der unter Stubs' Stuhl fest geschlafen hatte, wachte plötzlich auf.

»Ich sehe – ich sehe – was sehe ich? Ah! Etwas kleines, rundes. Es ist aus Gold!«

»Richtig, aber was ist es?« fragte Iris. Es war so still im Zelt, daß man eine Stecknadel hätte fallen hören können. Wieder begann er zu murmeln, drehte sich dann mit einem Schwung herum, während sein Mantel wie eine riesige Fahne wehte, und rief:

»Es ist eine kleine goldene Brosche!«

Tosender Applaus setzte ein und steigerte sich zu einem wahren Orkan, als er nacheinander alle Gegenstände erriet, die Iris in die Höhe hielt. Und Stubs vergaß ganz, daß er sich fest vorgenommen hatte, nicht zu klatschen.

Es war aber auch geradezu phantastisch! Er konnte sogar den Namen, der auf dem Deckel einer Uhr eingraviert war, nennen.

Wieder brandete Beifall auf, verebbte, und nun verkündete der Zauberer, daß er als nächstes mehrstellige Zahlen erraten würde. »Meine ausgezeichnete Assistentin wird ein Päckchen Karten, auf denen Zahlen stehen, mischen, eine daraus hervorziehen und sie Ihnen zeigen. Und ich werde sie vor meinem geistigen Auge sehen!«

Iris nahm die Karten, und Stubs setzte sich kerzengerade auf.

Das waren ja die, die er gesehen hatte, als er Herrn Marvel die Haarbürste zurückbrachte. Er erkannte sie sofort an ihrer gelben Rückseite. Warum, um alles in der Welt, hatte dieser Bursche sie so genau studiert? Das nützte ihm doch gar nichts? Er konnte ja nicht wissen, welche von ihnen Iris Nachtigall jetzt herauszog. Hatte er sie etwa mit einem Zeichen versehen? An dieser Geschichte schien sowieso einiges faul zu sein.

Schon hielt Iris eine Karte in der Hand und zeigte sie schweigend dem Publikum, und jeder im Zelt konnte die großen schwarzen Ziffern lesen.

Es war die Zahl: 673589255.

Wieder begann der Magier zu murmeln. Dieses Mal schien es recht schwierig zu sein, die Aufgabe zu bewältigen, denn es dauerte eine ganze Weile, bis er endlich rief: »Ah, ich sehe sie, ich sehe die Zahl! Da ist sie!« Und langsam und stockend nannte er sie, genau dieselbe, die auf der Karte stand.

Tosender, nicht endenwollender Beifall erfüllte das Zelt.

»Noch eine andere!« rief jemand.

»Aber nur noch diese eine«, sagte Iris, »es ist eine zu große Anstrengung für Herrn Marvel.«

Tatsächlich, es mußte eine beinahe übermenschliche Anstrengung für ihn bedeuten, denn es dauerte jetzt noch länger, bis er die Zahl endlich nannte.

»Es ist ein Wunder«, sagte Stubs und überlegte, ob so etwas mit rechten Dingen zugehen konnte.

Herr Marvel verschwand unter unzähligen Verbeugungen, von Beifall umrauscht, und als die Erregung sich gelegt hatte, trat Iris von neuem an die Rampe und gab bekannt, daß nun der Kinderwettbewerb begänne.

Der Clown neben ihr klimperte dabei verheißungsvoll mit dem Geld in seiner riesigen Hosentasche, das für die Gewinner ausgesetzt war.

»Nun, wer von euch hat Lust heraufzukommen?« fragte sie.

»Es ist ganz gleich, ob ihr tanzt, singt oder ein Gedicht aufsagt. Ihr dürft sogar zaubern oder auf dem Klavier spielen. Wer will der erste sein?«

Drei kleine Mädchen und drei kleine Jungen bahnten sich eilig mit hochroten Gesichtern ihren Weg zur Bühne. Und Robert stieß Stubs an: »Los, du wolltest doch auch.«

Aber der hatte unbegreiflicherweise Hemmungen bekommen. Er sah Robert düster an und brummte: »Ich werde mich doch nicht zum Narren machen. Halt jetzt den Mund.«

Zwei der kleinen Mädchen spielten Klavier, beide mehr laut als schön, und einer der Jungen sang ein komisches Lied, von dem leider niemand auch nur ein Wort des Textes verstehen konnte.

Das dritte Mädchen steppte. Doch außer der Mutter, die wie eine Wahnsinnige klatschte, während sie aufmunternde Blicke in die Runde warf, war der Applaus nur dürftig.

Als nächster sagte der zweite Junge ein Gedicht auf. Mit Höchstgeschwindigkeit entledigte er sich seiner Aufgabe, und mit derselben Geschwindigkeit verschwand er wieder.

Der dritte aber sagte überhaupt nichts. Er stand dort oben, ein Häufchen Elend.

»Ich habe alles vergessen!« jammerte er. »Ich habe alles vergessen! Mutter, was wollte ich denn nur?« Die Mutter wußte es anscheinend auch nicht mehr, und so verließ er, in Tränen aufgelöst, die Stätte seiner Niederlage.

»Nun, nun«, sagte Iris und lächelte tröstend. »Ein andermal geht's besser. Und nun brauchen wir noch einen dritten Jungen.«

»Ich möchte es gern versuchen, laß mich doch mal«, bettelte der Clown mit piepsender Stimme. »Ich kann was, ja. Ich bin groß in Form. Ich kann pfeifen und singen!« Er spitzte die Lippen und blies die Backen auf, aber kein Ton war zu hören, dafür kam plötzlich ein schrilles Pfeifen aus seiner Jackentasche.

Iris sprang erschreckt zur Seite, und schallendes Gelächter erhob sich.

»Einen Jungen brauchen wir noch!« sagte sie wieder.

Der Clown sah Stubs an. »Sieh mal, Iris«, sagte er und zeigte auf ihn. »Sieh den da an! Den mit dem roten Schopf, der Stubsnase und den Sommersprossen. Das ist ein Banjospieler, sage ich dir!« Er küßte verzückt seine Fingerspitzen und schnalzte mit der Zunge.

Alle reckten die Hälse, starrten Stubs an, und der wurde feuerrot. »Komm schon, mein Sohn!« rief der Clown. »Du bist doch nicht etwa schüchtern? Komm her, und bring dein Banjo mit. Sag, was du spielen willst, und der Mann am Klavier wird dich begleiten.«

»Los, Stubs«, flüsterte Robert. Er gab ihm einen aufmunternden Stoß. »Jetzt mußt du gehen. Hals- und Beinbruch!«

Stubs erhob sich, halb wütend, halb geschmeichelt. Er kletterte auf die Bühne und warf einen Blick in den Zuschauerraum. Der Clown stellte geschäftig einen Stuhl neben ihn. »Setz deinen Fuß darauf«, sagte er, »dein Banjo ist zu schwer. So geht es besser. Und was willst du spielen?«

Stubs begann die Sache Spaß zu machen, er lachte und verkündete: »Ich spiele: ›Sing, Nachtigall, sing!‹« Und dabei schielte er kurz zu Iris hinüber, während er ein Bein auf den Stuhl stellte. Der Klavierspieler nickte und legte die Hände auf die Tasten.

Stubs winkte hoheitsvoll ab. »Ich muß mein Instrument erst stimmen«, sagte er und machte sich ernsthaft an seinem unsichtbaren Banjo zu schaffen. Er zupfte prüfend die Saiten und ließ bei jeder einzelnen einen anderen metallisch summenden Ton durch die Zähne hören.

»In Ordnung, sind Sie soweit?« wandte er sich an den Pianisten. »Gut, dann können wir ja anfangen.«

Er griff in die Saiten und begann. Es war einfach wunderbar!

Seine Bewegungen und der Klang, den er nachahmte, waren täuschend echt. Und auch mit der Begleitung klappte es großartig. Man hätte meinen können, er und der Mann am Klavier spielten seit Jahren zusammen.

Das Lied war zu Ende, Stubs nahm das Bein vom Stuhl und verbeugte sich feierlich.

Er erntete brausenden Applaus, stärkeren noch als der Zauberer. Und alle schrien vor Begeisterung, als er nun dankend huldvoll nach allen Seiten winkte. »Da capo!« schrien sie. »Da capo!«

»Willst du?« fragte der Clown. »Vielleicht ein anderes Instrument?«

»Ich habe zufällig meine Zither bei mir«, nickte Stubs hoheitsvoll, legte sein Banjo beiseite und griff nach seiner ebenso unsichtbaren Zither. »Es wäre wohl besser, ich setzte mich dazu hin.«

Und dann griff er von neuem in die Saiten und ahmte die harfenähnlichen Töne der Zither genauso täuschend nach wie die des Banjos. Er war in seinem Element! Der Erfolg hatte ihn förmlich berauscht. Er übertraf sich selber und brachte die Leute durch sein hingebungsvolles Spiel und den verzückten Ausdruck auf seinem sommersprossigen Gesicht zur Raserei. Fräulein Pfeffer, völlig verwirrt, zerknüllte aufgeregt ein Spitzentaschentuch, und ihre Augen zwinkerten heftiger denn je hinter den dicken Brillengläsern.

Dieser Junge! Nein, dieser Junge!

Stubs endete, und der Clown trat vor ihn, verbeugte sich tief und ehrfürchtig und sagte: »Meister! Meister, ich bewundere Sie!« Und dann wandte er sich an die Zuschauer, während Stubs darüber nachdachte, ob diese Worte ein Kompliment gewesen sein sollten. »Wir kommen jetzt zur Preisverteilung«, verkündete der Clown, »den ersten Preis für die Mädchen erhält die kleine Lorna Jones für ihren Steptanz.«

Die Leute klatschten freundlich.

»Den Preis für die Jungen bekommt unser hochverehrter Freund hier für ...«

Er konnte nicht weitersprechen, denn die Leute tobten, trampelten und schrien.

Stubs verbeugte sich selig lächelnd, und selig lächelnd nahm er die fünf Mark in Empfang. Welch ein Abend! Wer hätte je gedacht, daß er mit seiner verrückten Angewohnheit, Instrumente nachzuahmen, einmal einen derart durchschlagenden Erfolg haben würde!

XVI

Ein glühender Punkt in der Dunkelheit

Wie auf Wolken schwebte Stubs ins Gasthaus. »Dreh bloß nicht durch«, grinste Robert, der genau wie Dina sehr stolz auf seinen Vetter war. »Und tu mir einen Gefallen und spiele von jetzt an nicht den ganzen Tag Banjo oder Zither und ruinier uns und den Hotelgästen nicht den letzten Nerv.«

Stubs schien das alles zu überhören. »Ich überlege mir die ganze Zeit, ob ich nicht auch eine Orgel oder eine Trommel bedienen könnte«, sagte er.

»O nein!« rief das arme Fräulein Pfeffer entsetzt. »Nur das nicht! – Um Himmels willen, beeilt euch, Fräulein Trill kommt!«

Aber Fräulein Trill hatte sich vorgenommen, Lobeshymnen auf Stubs zu singen, und es war deshalb ein völlig aussichtsloses Unternehmen, ihr zu entrinnen. »Er ist ein Wunder!« flötete sie ein paar Minuten später. »Ein kleines Wunder! Welche Begabung! Der geborene Musiker, finden Sie nicht auch?«

»Oh, das dürfte wohl ein bißchen übertrieben sein«, wehrte Fräulein Pfeffer ab. »Soviel ich weiß, kennt er nicht eine einzige Note.«

»Was Sie nicht sagen!« rief Fräulein Trill begeistert. »Das gerade zeigt ja, wie begabt er ist, wie unsagbar begabt! Manchmal dachte ich, es wäre ein richtiges Banjo. Er sollte zum Varieté gehen, er würde berühmt werden!«

Die alte Erzieherin warf einen verstohlenen Blick auf Stubs und war entsetzt über sein zufriedenes Lächeln. Sie hielt es für unbedingt nötig, etwaige aufkommende Überheblichkeit durch ein paar passende Worte im Keim zu ersticken.

»Stubs hat seine Sache sehr hübsch gemacht«, sagte sie, »und ich kann mir denken, daß sich seine Schulkameraden über seine Darbietungen amüsieren. Aber das ist auch alles, und es wäre völlig unangebracht, aus dieser kleinen Liebhaberei Schlüsse auf einen künftigen Beruf ziehen zu wollen.«

Glücklicherweise hatten sie das Gasthaus bald erreicht. »Ich muß unbedingt etwas trinken«, verkündete Stubs. »Ich habe einen ganz trockenen Mund von der anstrengenden Vorstellung bekommen. Spendieren Sie eine Limonade, Fräulein Pfeffer? Am besten zwei! Ach, warten Sie, ich habe ja meine fünf Mark ganz vergessen. Eine Runde für alle«, bestellte er mit weit ausholender Geste. »Was nehmen Sie, Fräulein Pfeffer, und Sie, Fräulein Trill? Vielleicht Orangeade? Oder lieber ein Malzbier?«

Dina fing an zu kichern. Dieser Stubs! Fräulein Pfeffer aber schickte die Kinder hinauf.

»Es ist spät«, sagte sie, »sehr spät sogar. Nehmt eure Limonade mit. Nein, Stubs, du bekommst nur eine, selbst wenn du zehn Mark hättest, das spielt keine Rolle. Und Lümmel trinkt viel lieber Wasser.«

Stubs war sehr enttäuscht. Er hatte gehofft, so lange unten bleiben zu dürfen, bis Iris Nachtigall, Herr Marvel und der Clown zurückkamen. Ihr Lob hätte ihm tausendmal mehr bedeutet als das einer ganzen Kompanie alberner Fräulein Trills.

Viel zu aufgeregt, um nach diesem Abend einschlafen zu können, warf er sich unruhig in seinem Bett hin und her und schmiedete die tollsten Pläne, während Robert leise schnarchte. Er würde mehr und mehr Instrumente nachahmen, er würde auf allen großen Bühnen der Welt auftreten, und er würde im Radio spielen! Doch, halt, das ging wohl nicht, die Leute konnten ihn ja nicht sehen und würden wahrscheinlich denken, er spiele richtig Banjo, Zither oder Gitarre.

Aber wie wäre es mit dem Fernsehen? Das wäre das Richtige! Und wie wäre es, wenn er eine Trommel nachahmte? Das konnte er bestimmt gut! Leise begann er zu üben.

Und dann passierte etwas, das ihn entsetzt hochfahren ließ. Er hatte gerade einen schwierigen Trommelwirbel hinter sich gebracht, als eine ungeheure Detonation das ganze Haus erbeben ließ.

›Bomben!‹ dachte er. Und gleich darauf: ›Unsinn!‹ Sicher handelte es sich wieder um ein Experiment im Unterseeboothafen.

Aber mitten in der Nacht? Es mußte bestimmt schon nach zwei sein. Sie würden doch jetzt keine Versuche unternehmen und alle Leute im Schlaf stören?

Seltsamerweise waren weder Robert noch Dina aufgewacht, nur Fräulein Pfeffer lauschte genauso angespannt wie Stubs. Aber als sie nichts mehr hörte, legte sie sich wieder hin und schloß von neuem die Augen.

Stubs hingegen dachte nach. Einschlafen konnte er ja doch

nicht, und so beschloß er, die kleine Stiege, die zum Dachfenster führte, hinaufzusteigen und hinauszusehen. Vielleicht konnte er etwas entdecken, irgend etwas drüben im Hafen.

Er sprang aus dem Bett, schlich zur Tür, öffnete sie leise und trat auf die dunkle Galerie. Niemand schien aufgestanden oder aufgewacht zu sein.

Er tappte den Flur entlang, tastete nach der Tür und suchte mit dem Fuß die unterste Stufe der Treppe. Vorsichtig stieg er hinauf. Es war eine klare Nacht, und die Sterne standen am Himmel.

Er schob die Luke hoch und sah hinaus.

Tatsächlich! Da draußen war etwas passiert! Weit in der Ferne, am Ende des Hafens, brannte es. Der Horizont war rot gefärbt, und gleißendes Scheinwerferlicht geisterte über das Wasser. Stubs hielt den Atem an. Irgend etwas war passiert, vielleicht etwas Schreckliches! Wenn er nur wüßte, was?

Sollte er aufs Dach klettern? Von einem höhergelegenen Platz aus konnte er möglicherweise mehr sehen.

Es war ganz einfach hinauszukommen, denn das Dach war vor dem Fenster flach. Stubs sah sich um. Rechts von ihm stieg es schräg an, und weiter oben ragte ein hoher Schornstein empor. Vielleicht konnte er bis dahin gelangen?

Auf allen vieren kroch er hinauf, und endlich hatte er es geschafft. Aber der Wind blies kalt auf dieser Seite, und er mußte um den Schornstein herumkriechen, um Schutz zu suchen. Er lehnte sich an die warmen Ziegel.

Doch zu seiner größten Enttäuschung konnte er von hier aus auch nicht mehr sehen. Noch immer glitt das Licht der Scheinwerfer suchend über das Wasser, und noch immer schlugen die Flammen zum Himmel. Ob ein Schiff brannte?

Er preßte sich gegen die warmen Steine und kam sich sehr mutig vor, daß er alleine mitten in der Nacht hier oben saß. Plötzlich schnupperte er.

Zigarettenrauch! Das konnte doch gar nicht sein!

Er beugte sich vor und sah in der Dunkelheit einen rotglühenden Punkt, das brennende Ende einer Zigarette! Also hatte doch noch jemand außer ihm die Explosion gehört.

Es mußte jemand auf der Treppe an der Dachluke stehen. Stubs wollte sich gerade durch leises Rufen bemerkbar machen, als er daran dachte, daß es ratsamer wäre, sich still zu verhalten.

Wenn Fräulein Pfeffer von seinen nächtlichen Ausflügen erführe, würde sie sich höchstwahrscheinlich so aufregen, daß sie eine ihrer härtesten Strafen anwenden und ihm seine Lieblingsspeisen entziehen würde. Besser also, er hielt den Mund. Aber wer konnte das da drüben nur sein? Außer dem rotglühenden Punkt war in der Dunkelheit nichts zu erkennen.

Nach einer Weile warf der Raucher den Rest der Zigarette auf das Dach, und gleich darauf knarrten die Stufen der Treppe. Er war gegangen. Er war gegangen und hatte die Luke hinter sich geschlossen!

Stubs' Herz setzte ein paar Schläge lang aus. Mit Entsetzen dachte er daran, daß er nun die ganze Nacht hier sitzen mußte, wahrscheinlich einschlafen und dann hinunterrollen würde.

Er kroch hinüber zur Luke und versuchte, sie mit zitternden Händen zu öffnen. Sie war nicht eingehakt! Mit einem Seufzer der Erleichterung zog er sie hoch.

In diesem Augenblick wurde ganz in der Nähe ein Fenster hell. Sicher hatte der, der eben noch hier stand, das Licht angemacht. Stubs mußte unbedingt wissen, wer es war.

Er kroch weiter. Die Vorhänge waren zugezogen, aber durch einen Spalt konnte er das Zimmer überblicken.

Professor James! Du lieber Himmel! Wie gut, daß er sich still verhalten hatte. Der hätte Fräulein Pfeffer die ganze Geschichte brühwarm aufgetischt.

Stubs trat den Rückzug an, und eine Minute später war er in

der Dachluke verschwunden. Er hakte sie hinter sich zu, ging vorsichtig die Treppe hinunter und dann über den Flur in sein Zimmer.

Und gerade, als er die Tür schließen wollte, sah er unter der gegenüberliegenden einen schmalen Lichtschein. Herr Marvel hatte die Explosion also auch gehört. Stubs überlegte, ob er anklopfen sollte, um sich ein bißchen mit ihm zu unterhalten. Sicher würde Herr Marvel sich freuen, wenn er käme. Schließlich waren sie ja jetzt beinahe so etwas wie Kollegen.

Am Ende entschloß er sich aber, es lieber zu lassen. So ganz sicher schien es doch nicht, daß Herr Marvel Geschmack an Unterhaltungen mitten in der Nacht fand. Und wer weiß, was für einen Zauber er dann mit ihm anstellen würde!

XVII

Lügen Sie nur!

Am nächsten Morgen wurde im Gasthaus von nichts anderem gesprochen als von der nächtlichen Explosion. Und in den Zeitungen stand in fett gedruckten Schlagzeilen:

»Riesige Explosion im Unterseeboothafen! War es Sabotage? Bewohner der Umgebung aus den Betten geschleudert!«

»Was für ein Gefasel!« schrie Stubs. »Das Bett hat nur gezittert, das war alles! Und Robert ist noch nicht einmal wach geworden!«

Robert nickte. »Kaum zu glauben. War es eine starke Detonation?«

»Ungeheuer!« Stubs verdrehte die Augen. »Ganz ungeheuer! Ich bin aus dem Bett gefallen, die Stiege hinaufgejagt und habe aus der Dachluke geguckt. Im Hafen brannte es lichterloh, und die Scheinwerfer suchten alles ab.«

»Pst«, machte Dina, »wenn Fräulein Pfeffer dich hört, wird sie böse, daß du nachts draußen herumgegeistert bist.«

Stubs winkte hoheitsvoll ab. »Sie ist eben 'rausgegangen.« Außer dem stocktauben Professor, der ganz in der Nähe saß und Zeitung las, konnten nur Herr Marvel und der Clown etwas gehört haben, und die hatten von der Existenz der kleinen Treppe wahrscheinlich keine Ahnung.

»Das ist übrigens noch nicht alles«, fuhr er leise fort, »ich bin aufs Dach geklettert und habe neben dem Schornstein gesessen. Und dann kam jemand die Stiege herauf und stand an der Luke. Ich habe nur seine brennende Zigarette gesehen, aber ich glaube, es war das alte Ekel, der Professor, denn nachher ging in seinem Zimmer das Licht an. Stell dir vor, Robert, dieser taube Opa ist von der Explosion aufgewacht und du nicht!«

»Wahrscheinlich hat ihn nicht der Krach, sondern die Erschütterung auf die Beine gebracht«, sagte Dina. »Warum hast du mich eigentlich nicht mitgenommen?«

»Nichts für Damen«, brummte Stubs, »du hättest dich doch nur gefürchtet. Glaubt ihr, daß es Sabotage war? Schleierhaft ist mir nur, wie einer überhaupt in den Hafen 'reinkommen sollte, wo er doch so streng bewacht wird.«

»Vielleicht ist auch nur ein Versuch schiefgegangen«, überlegte Robert. »So etwas kommt vor. Da braucht man nur an die Physikstunde zu denken.«

»Klar«, nickte Stubs, »wir sorgen auch immer dafür, daß es ab und zu mal bumst. Das lockert die traurige Atmosphäre ein bißchen auf. Aber ich möchte doch zu gerne wissen, ob es nur ein

mißglückter Versuch war oder ob hier irgendwo Leute herumlaufen, die vorhaben, noch mehr U-Boote in die Luft zu jagen.
Und das ausgerechnet, wo wir uns hier aufhalten.«

»Hast du etwa Angst, daß sie dich aus Versehen in die Luft
jagen könnten?« grinste Robert.

»Angst?« Stubs schnob verächtlich durch die Nase. »Vielleicht
ist wirklich nur etwas schiefgegangen.«

Ob er mit seiner Vermutung recht hatte, erfuhren die Kinder
nicht, noch nicht einmal aus der Zeitung.

Am Nachmittag regnete es.

»Scheußlich«, brummte Stubs, »was sollen wir nun machen?
Soll ich ein bißchen Banjo spielen?«

»Wenn du aufs Dach gehst, bitte«, sagte Robert. Stubs hatte
schon am Vormittag des Guten zuviel getan, und Robert und
Dina waren ganz krank davon.

»Dann können wir ja alle zusammen zur Dachluke gehen«,
schlug er nach einer Weile vor, »und nachsehen, ob das Unter-
seeboot immer noch brennt. Und«, fügte er grinsend hinzu, »ich
verspreche euch, daß ich mein Banjo unten lasse.«

Sie liefen hinauf, und Stubs drückte die Klinke herunter, aber
die Tür öffnete sich nicht!

»Was ist denn nun los? Klemmt sie etwa?« Er zog mit aller
Kraft an dem Türgriff – mit dem Erfolg, daß er plötzlich, die
Klinke in der Hand, sich unsanft auf den Hosenboden setzte.

»Dummkopf!« sagte Robert. »Und was jetzt?«

»Mir fliegt alles nur so zu«, grinste Stubs, »sogar die Tür-
klinken!«

»Du mußt zu Frau Plump gehen und es ihr sagen.« Dina
schob ihn zur Treppe. »Wenn du nicht hingehst, macht es einen
ziemlich schlechten Eindruck.«

So lief er also zu Frau Plump und fand sie damit beschäftigt,
lange Reihen von Zahlen zusammenzurechnen. Sie war nicht
gerade begeistert, als er ihr erzählte, was er angerichtet hatte.

»Aber warum hast du denn so an der Klinke gerissen?« fragte sie und stützte ihr Doppelkinn, genaugenommen waren es drei oder vier, in die Hand. Sie sah wirklich sehr ehrfurchtgebietend aus, und Stubs fühlte sich plötzlich klein und jämmerlich.

»Ich habe so gezogen, weil die Tür klemmt oder abgeschlossen ist«, erklärte er.

»Abgeschlossen? Dann würde der Schlüssel doch stecken«, sagte die Wirtin erstaunt.

»Es war kein Schlüssel da. Aber es ist bestimmt abgeschlossen. Ich dachte, Sie hätten es getan. Es tut mir furchtbar leid, daß ich die Klinke herausgerissen habe, aber ich besitze noch eine Mark und sechzig von dem Geld, was ich gestern im Varieté gewonnen habe. Ob das für eine neue reicht?«

»Das nehme ich an«, nickte Frau Plump, »aber ich denke, daß Dummy irgendwo noch eine alte auftreiben kann. Geh und frage ihn, er soll dann gleich den Schaden reparieren. Warte, ich muß dir ja noch zu deinem großen Erfolg gratulieren. Du hast Banjo gespielt, nicht wahr?«

»Nicht richtig, nur so als ob«, grinste Stubs und begann sofort mit einer kleinen Vorstellung.

Frau Plump lachte. Es war ein außerordentlich bemerkenswertes Lachen und mußte irgendwo in der Magengegend anfangen, so tief klang es, und es ließ ein Doppelkinn nach dem anderen erzittern.

Er beendete seine Darbietung mit einer tiefen Verbeugung. »Du bist schon einer«, sagte Frau Plump, immer noch lachend. »Nun lauf, und suche Dummy. Und schlage die Tür nicht so kräftig hinter dir zu, sonst hast du die nächste Klinke am Ende auch noch in der Hand.«

Stubs verschwand zufrieden grinsend. Frau Plump war viel netter, als er gedacht hatte, und gar nicht so brummig, wie sie aussah. In der Küche fand er Dummy, der die Griffe einiger Reitpeitschen blank putzte.

»Hallo, Dummy!« rief er. »Soll ich dir helfen? Ich sammle auch Reitpeitschen. Hast du übrigens schon gehört, daß ich gestern abend fünf Mark gewonnen habe?«

Dummy nickte ernsthaft. »Du«, sagte er, »du gewonnen, guter Junge.«

»Donnerwetter, du bist ja heute direkt geschwätzig«, grinste Stubs und rieb kräftig an einem silbernen Griff.

»Was du gemacht?« fragte Dummy.

»So, paß auf.« Stubs führte bereitwillig seine Kunst vor, und zu seinem größten Erstaunen zeigte es sich, daß Dummy sie nicht weniger gut verstand als er selber. Und so spielten sie zusammen, bis der junge Kellner neugierig in der Tür erschien.

»Gebt ihr eine Vorstellung?« lachte er.

Dummy verschwand augenblicklich. Er lief hinaus in den Hof und setzte sich verwirrt auf eine Kiste. Vor Jahren war er ein ausgezeichneter Banjospieler gewesen und hatte auch ein Instrument besessen. Doch dann war er vom Seil gestürzt und danach ganz verändert.

Er beruhigte sich langsam und lächelte. Ja, er erinnerte sich an sein altes Banjo und an die Melodien, die er darauf gespielt hatte. Leise summte er vor sich hin.

Stubs war ihm nachgelaufen. »Ach, da bist du ja! Ich habe ganz vergessen, dir zu sagen, warum ich eigentlich gekommen bin. Hast du vielleicht noch eine alte Türklinke? Ich habe nämlich die von der kleinen Tür, die zur Stiege führt, herausgerissen.«

»Stiege?« Dummy starrte ihn an, und dann beugte er sich plötzlich vor und flüsterte: »Böse Männer da oben, sehr böse!«

Stubs fuhr erstaunt zurück. Dummy nickte. »Böse, böse«, sagte er, »ich sie gesehen, ich aufpassen, ich hinterhergegangen.«

Stubs warf ihm einen schnellen Blick zu. Armer Kerl, was redete er da für wirres Zeug? Er mußte ihn unbedingt auf andere Gedanken bringen.

»He, Dummy«, sagte er, »wir können hier nicht länger im Regen sitzen bleiben, mein Banjo ist schon ganz naß geworden, hörst du, wie verstimmt es ist?« Er zupfte die Saiten und brachte ein paar quietschende, jämmerliche Töne zwischen den Zähnen hervor.

Das war ein Spaß! Dummy lachte glücklich, und Stubs klopfte ihm auf den Rücken.

»Wie ist es nun mit der Türklinke? Hast du eine?«

Dummy nickte. Er holte sie aus dem Schuppen, sie stiegen die Treppe hinauf, und es dauerte nicht lange, und er hatte alles wieder in Ordnung gebracht.

Stubs drückte die Klinke herunter. »Abgeschlossen!« sagte er. »Und der Schlüssel ist weg. Wer hat ihn bloß genommen, und warum? Vielleicht geht da oben doch etwas vor?«

»Meinst du? Und was?« fragte eine Stimme hinter ihnen.

Stubs fuhr herum. Herr Marvel stand in der Tür seines Zimmers.

Auch das noch! Mußte der unbedingt zuhören? Aber Stubs würde den Mund halten, er verspürte nicht die geringste Lust, sich in Unannehmlichkeiten zu bringen.

»Ach, nichts«, sagte er mit unschuldigem Blick. »Ich habe dem alten Dummy ein bißchen was vorgesponnen. Sie waren übrigens supertoll gestern abend. Wie haben Sie das nur alles erraten? Sogar die Gravierung auf der Uhr? Ich möchte es zu gerne wissen!«

»Das ist mein Geheimnis. Hast du die Explosion in der letzten Nacht auch gehört?«

»Klar! Und Sie?«

Herr Marvel schüttelte den Kopf. »Nein!« Diese Antwort erstaunte Stubs sehr. Er hatte doch den Lichtschein unter der Tür gesehen.

»Es brannte aber Licht in Ihrem Zimmer«, platzte er heraus und hätte sich im gleichen Augenblick ohrfeigen mögen.

»Tatsächlich? Und was hast du um diese Zeit auf der Galerie zu suchen?«

»Ich? Ach, ich wollte nur nachsehen, ob noch andere wach geworden waren. Aber sagen Sie mir bloß, wie konnten Sie die langen Zahlen erraten?«

Doch Herr Marvel war verschwunden. Stubs starrte auf die geschlossene Tür und zog eine Grimasse. ›Lügen Sie nur! Ich weiß, daß Sie in der letzten Nacht wach waren!‹

XVIII

Wie heißt euer Freund?

Nach der ersten Zeit begannen die Ferien, wie immer, schneller und schneller dahinzuschwinden.

Es waren herrliche Tage! Die Kinder badeten, paddelten, gingen spazieren oder faulenzten, und Barny und Miranda waren immer dabei.

Lümmel hatte übrigens eine neue, etwas lästige Gewohnheit angenommen. Da er keine Handtücher, Bürsten und Matten an den Strand schleppen durfte, brachte er jeden Tag einen anderen Hund mit.

Der erste war ein kleiner Bastard mit kurzen Beinen und einem zu großen Kopf.

»Seht euch das an!« sagte Stubs. »Armer Kerl! Wenn seine Beine noch kürzer wären, müßte er auf dem Bauch rutschen!«

»Ha, ha, wie witzig«, sagte Dina.

Robert grinste. »Er riecht ein bißchen, findet ihr nicht auch? Er scheint eher eine Hundsblume zu sein als ein Hund. Geh weg, Hundsblümchen, geh!«

Aber das Hundsblümchen blieb. Es hatte nicht die geringste Absicht, seinen neuen Freund zu verlassen. Wie die Wilden tobten sie zusammen, und das arme Fräulein Pfeffer fand keine Ruhe, denn sie hatten ausgerechnet sie zu ihrem Opfer auserkoren und jagten ohne Unterlaß rund um ihren Liegestuhl. Sie mußten also das Hundsblümchen in Kauf nehmen, denn Lümmel schien es sehr zu lieben und teilte, welches Wunder, jeden Leckerbissen mit ihm.

Am nächsten Tag begleitete ihn überraschenderweise ein anderer Hund.

Es war eine Bulldogge, die Herrn Faß sehr ähnlich sah. Sie war auch nicht besser als der kleine Bastard.

»Ich wollte, du würdest mich nicht immer besabbern, du brauchtest ein Lätzchen«, sagte Stubs. »Fräulein Pfeffer, müssen Bulldoggen sabbern? Oder tun sie es nur, um einen zu ärgern?«

»Ein Lehrer von uns hat auch eine«, lachte Dina, »und die sabbert auch. Lümmel, wenn du wieder jemanden mitbringst, dann bitte einen, der weder riecht noch aus der Schnauze tropft.«

Die Bulldogge war an und für sich ein umgängliches Tier, jedenfalls so lange, bis Lümmel ihr einen Knochen entreißen wollte, den sie ihm gestohlen hatte. Sie knurrte so gefährlich, daß selbst Stubs es mit der Angst bekam und Miranda erschreckt auf Barnys Kopf flüchtete.

»Geh!« sagte Fräulein Pfeffer und bedachte den Hund mit einem ihrer scharfen Blicke. »Geh!«

Die Bulldogge watschelte davon, aber sie nahm den Knochen mit. Stubs stieß Lümmel an. »Feigling! Kannst du nicht einmal deinen Knochen verteidigen?«

Lümmel ließ die Ohren hängen und verließ den Strand mit eingezogenem Schwanz, kehrte aber bald darauf vollkommen verändert zurück. Stolzgeschwellt und sehr vergnügt in Begleitung dreier kleiner Terrier, alle äußerst lebendig und neugierig.

»Hör auf, hör jetzt bloß auf!« rief Stubs und sah entsetzt auf die Ansammlung von Vierbeinern. »Willst du uns sämtliche Hunde aus Rubadub auf den Hals laden? Werdet ihr wohl machen, daß ihr nach Hause kommt! Verschwindet! Du natürlich nicht, Lümmel, du bleibst hier! Ich werde dich an Fräulein Pfeffers Liegestuhl binden!«

»O nein!« wehrte sie entsetzt ab. »Das wirst du nicht. Ich habe keine Lust, mich von ihm über den Strand zerren zu lassen. Binde ihn doch an dein Fußgelenk!«

Alle lachten, nur Barny nicht. In den letzten Tagen war er überhaupt sehr still geworden. Und als Stubs nun fragte, ob sie alle drei heute abend auf den Jahrmarkt kommen sollten, schüttelte er den Kopf: »Nein, das ist nichts für euch. Die Leute sind nicht sehr nett, eine widerwärtige Bande.«

»Warum gehst du nicht weg?« rief Dina. »Wenn es dir dort nicht mehr gefällt, darfst du auf keinen Fall bleiben!«

»Ach, ich bin allmählich an so etwas gewöhnt. Aber ich muß ehrlich sagen, gegen die komme ich manchmal nicht an. Und wo soll ich andere Arbeit finden?«

»Erinnerst du dich nicht, daß Herr Marvel, der Zauberer, einen Assistenten braucht? Er wollte dich doch nehmen!« sagte Dina eifrig.

»Der hat doch Iris, dann braucht er ja keinen anderen«, wunderte sich Stubs.

Robert nickte. »Das stimmt, das ist komisch. Wann ist deine Woche zu Ende, Barny? Morgen?«

»Ja, dann bekomme ich mein Geld, vierzig Mark. Ich werde mir neue Sandalen und ein Hemd kaufen.«

»Ich würde an deiner Stelle da aufhören«, sagte Robert. »Du wirst schon etwas anderes kriegen.«

Doch Barny war noch unschlüssig. In Rubadub wollte er auf alle Fälle bleiben, um sich nicht von seinen Freunden trennen zu müssen, und Geld mußte er auch verdienen.

An diesem Abend brauchte Iris Nachtigall nicht zur Vorstellung zu gehen. Sie saß mit den dreien in der Diele und spielte mit ihnen Karten. Stubs hatte es so eingerichtet, daß er den Platz neben ihr bekam, und am liebsten hätte er ihr die besten Karten zugesteckt. Lümmel lag zu ihren Füßen. Er stimmte mit seinem Herrchen überein und bewunderte Iris genauso wie Stubs.

»Was macht Herr Marvel denn nun ohne Sie?« fragte Dina und sah zu, wie Robert die Karten austeilte.

»Ich weiß es nicht, und es ist mir auch gleichgültig. Ich mag ihn nicht besonders.«

»Warum?« fragte Stubs.

Anscheinend wollte sie aber nicht darüber sprechen. »Er hatte sonst immer einen Assistenten, einen jungen Mann«, sagte sie. »Er ging fort, ich weiß nicht, warum, und Herr Marvel bat mich, ihm so lange zu helfen, bis er einen anderen fände. Ich versprach, es zwei Wochen lang zu versuchen. Nun habe ich keine Lust mehr, und ich höre auf. Die zwei Wochen sind vorüber.«

Jetzt wußten die Kinder, warum Herr Marvel Barny gebeten hatte, sein Assistent zu werden. Er hatte befürchtet, daß Iris es nicht länger als während der verabredeten Zeit bei ihm aushalten würde.

»Hat er schon einen Ersatz für Sie?« fragte Robert.

»Ich weiß nicht. Jemand ist heute bei ihm gewesen. Wahrscheinlich kam er wegen der Stellung. Er wird ihn wohl nehmen müssen, denn ohne Hilfe kann er nicht auskommen.«

»Warum?« wollte Stubs wissen. »Er könnte doch genausogut jemanden aus dem Publikum auf die Bühne bitten.«

»Nein, er will nicht jeden Abend mit einem anderen arbeiten. Nun, wie ist es, spielen wir, oder schwatzen wir nur? Ich habe so gute Karten, daß ich darauf brenne anzufangen.«

Die einzige, die an etwas ganz anderes dachte, war Dina. Sie dachte darüber nach, ob sie zu Herrn Marvel gehen und ihn bitten sollte, Barny zu nehmen. Und wenn sie Barny dann sagen konnten, daß sie Arbeit für ihn gefunden hätten, würde er bestimmt nicht mehr auf dem Jahrmarkt bleiben.

Sie konnte es kaum erwarten, Robert und Stubs von ihrem Plan zu erzählen. Ehe sie schlafen gingen, lief sie noch einmal zu den Jungen hinüber, und sie hörten aufmerksam zu.

»Das ist ein prima Gedanke!« rief Robert. »Geh du zu ihm, ich glaube, du kannst es am besten. Geh gleich morgen früh.«

Am nächsten Morgen, nach dem Frühstück, traf Dina Herrn Marvel im Garten. Er saß in der Laube, las Zeitung und sah auf, als sie zögernd hereinkam. »Kann ich Sie einen Augenblick sprechen? Es ist wegen unseres Freundes, dem Jungen mit dem Äffchen. Sie boten ihm vor ein paar Tagen an, ihr Assistent zu werden. Ich glaube, er würde jetzt gerne zu Ihnen kommen, wenn Sie ihn noch gebrauchen können.«

Herr Marvel legte die Zeitung beiseite und betrachtete Dina schweigend. Endlich sagte er: »Ja, ich brauche jemanden, einen, der mir auf der Bühne assistiert, Besorgungen für mich macht, meine Anzüge in Ordnung hält und was derartige Verrichtungen sonst noch sind.«

»Das kann er alles!« rief sie eifrig. »Versuchen Sie es mit ihm, bitte!«

»Wie heißt euer Freund?«

»Lorimer, Barny Lorimer. Aber das ist der Mädchenname seiner Mutter, seinen Vater kennt er überhaupt nicht.«

»Wie seltsam«, sagte Herr Marvel.

Dina nickte und erzählte ihm Barnys Geschichte, und er hörte interessiert zu. »Er steht ganz allein in der Welt«, schloß sie, »und ich wünschte nur, er könnte seinen Vater finden!«

»Das dürfte nicht so schwierig sein. Ich denke, mir würde es schnell gelingen.«

Sie starrte ihn an.

»Wie meinen Sie das? Das ist doch gar nicht möglich? Barny weiß ja noch nicht einmal, wie sein Vater heißt.«

»Mein liebes Kind, seit ich denken kann, habe ich mit dem Theater zu tun. Und ich brauche nur ein paar Freunde nach einem Schauspieler zu fragen, der häufig in Shakespearestücken auftrat, so ungefähr vor fünfzehn Jahren. Und wenn ich ihnen eine Beschreibung des Jungen gebe, der höchstwahrscheinlich seinem Vater ähnlich sieht – euer Freund hat übrigens kein alltägliches Gesicht –, so bin ich sicher, daß ich in kurzer Zeit etwas erfahren werde.«

»Oh, Herr Marvel!« rief Dina, und ihre Augen leuchteten. »Das wäre wunderbar!«

»Wenn der Junge zu mir kommt und ich zufrieden mit ihm bin, werde ich mein möglichstes tun.«

»Sie werden mit ihm zufrieden sein, ganz bestimmt! Ich will ihn gleich holen. Dann kann er die Arbeit auf dem Jahrmarkt aufgeben und schon morgen bei Ihnen anfangen.«

Sie jagte davon. Wenn sie sich vorstellte, daß Barny nun seinen Vater finden würde! Der gute Herr Marvel! Warum nur hatten sie ihn früher nicht gemocht?

Unten am Strand traf sie Barny, der dort auf die drei wartete. Sie ließ sich neben ihm in den Sand fallen und berichtete hastig und noch ganz außer Atem die aufregende Neuigkeit. »Du mußt sofort ins Gasthaus gehen, Herr Marvel wartet dort auf dich. Stell dir vor, Barny, wenn er deinen Vater fände!«

»Vielen Dank, Dina!« sagte er, und seine Augen strahlten. »Komm, Miranda, wir wollen unser Glück versuchen!«

XIX

Merke dir das, junger Mann!

Ja, Barny bekam die Stellung. Herr Marvel wollte es mit ihm versuchen, und Barny war glücklich. So gut hatte er es noch nie getroffen!

»Ich werde dir neue Sachen kaufen und dein Zimmer bezahlen«, sagte Herr Marvel, »und für den Anfang bekommst du vierzig Mark in der Woche. Soviel ist mir ein guter Assistent wert.« Barny glaubte zu träumen. Er würde reich sein. Er konnte Geld sparen, und Miranda sollte einen neuen Rock haben!

»Aber eins mußt du mir versprechen, Barnabas. Wie du weißt,

bin ich ein Magier, ein Zauberer, und du darfst meine Geheimnisse, wenn ich dich in einige einweihen muß, nicht verraten, nicht einmal deinen drei Freunden hier.«

»Natürlich nicht, das würde mir nie einfallen«, beteuerte Barny.

»Und was deinen Vater betrifft«, fuhr Herr Marvel fort, »so hoffe ich, daß es mir gelingen wird, etwas über ihn in Erfahrung zu bringen. Ich werde mich sofort um die Angelegenheit kümmern und dich wissen lassen, ob ich Erfolg habe.«

»Ich bin Ihnen so dankbar!« sagte Barny leise.

Herr Marvel nickte ihm zu. »Es wird schon alles in Ordnung gehen. Ich habe eine Menge Beziehungen, und du wirst sehen, am Ende dieser Saison brauchst du keine neue Stellung mehr zu suchen, dann wirst du bei deinem Vater sein.«

Erregt rannte Barny zum Strand zurück. Er konnte sein Glück kaum fassen, und er berichtete jedes Wort des Gesprächs mit leuchtenden Augen.

»Nun«, lächelte Fräulein Pfeffer, »ich muß sagen, dieser Herr Marvel will viel für dich tun. Er muß ein sehr, sehr freundlicher Mann sein, obgleich er eigentlich gar nicht so aussieht. Aber es wurde auch Zeit, daß sich für dich auch einmal etwas zum Guten wendete.«

Das war ein herrlicher Morgen! Die Sonne schien, das Wasser war ruhig und warm, und alle fühlten sich wunderbar. Lümmel verschwand, und die Kinder warteten gespannt darauf, was für einen neuen Freund er dieses Mal mitbringen würde.

Zu ihrem größten Erstaunen erschien er nach einer Weile in Begleitung des Herrn Faß, des immer Mißvergnügten. Ehrerbietig geleitete er ihn in ihre Mitte. Wie hatte er es nur fertiggebracht, ihn hierherzulocken?

Es stellte sich jedoch bald heraus, daß dieses Unternehmen zum Scheitern verurteilt war. Herr Faß ertrug zwar noch die Kinder, Miranda aber keinesfalls. Er starrte sie düster an, und sie starrte zurück. Dann steckte sie plötzlich ihre Pfote in die Tüte mit Erdnüssen, die Barny ihr geschenkt hatte, und warf ihm eine Handvoll an den Kopf.

Er stieß ein kurzes, so dumpfes Grollen aus, daß alle zusammenfuhren, maß Lümmel mit einem vernichtenden Blick, kehrte ihm seine Hinterfront zu und watschelte zurück ins Gasthaus.

»Armer Lümmel, nie wieder wird er mit dir reden«, lachte Dina, »nie wieder, jetzt, wo er weiß, in was für einer unmöglichen Gesellschaft du dich aufhältst.«

Sie hatte kaum zu Ende gesprochen, als auch ihr eine Ladung Erdnüsse um die Ohren flog. »Schämst du dich nicht, Miranda?« sagte Barny. »Geh, und sammle sie alle wieder auf!« Und das Äffchen gehorchte sofort, denn es merkte, daß er ärgerlich war.

An diesem Abend ging Barny zum letztenmal zum Jahrmarkt und bekam sein Geld ausgezahlt. Da er sich nun nichts mehr zum Anziehen zu kaufen brauchte, besorgte er Geschenke für seine Freunde. Ein Buch für Dina, für jeden der Jungen einen Kugelschreiber, für Lümmel einen Ball, und Fräulein Pfeffer bekam ein Batisttaschentuch, mit Spitze umrandet. Sie alle freuten sich sehr, und die Augen der alten Erzieherin zwinkerten gerührt und heftig hinter den dicken Brillengläsern.

Barny ging mit Feuereifer an seine neue Arbeit. Nach der vorhergehenden erschien sie ihm sehr leicht, und der Gedanke, daß Herr Marvel seinen Vater finden könnte, machte sie ihm noch leichter.

Herr Marvel hielt sein Versprechen und kaufte ihm einen Anzug, mehrere Hemden und ein Paar Schuhe.

»Sehe ich komisch aus?« fragte Barny und lachte. »Ich komme mir nämlich so vor.«

»Prima siehst du aus!« schrie Stubs. »Und der Schlips ist supertoll!«

Barny hatte eine Menge zu erzählen. »Dieser Marvel ist ein seltsamer Kauz, eigentlich ganz nett, und großzügig ist er! Und er hat schon an jemanden geschrieben, der meinen Vater kennen könnte!«

Die Kinder waren begeistert, und sie erzählten Fräulein Trill und auch dem Professor, was für ein Glück Barny gehabt hatte. Fräulein Trill begann sofort des langen und breiten über diese wunderbare, wunderbare Fügung zu schwatzen, doch der Professor brummte nur:

»Wenn einer Lust hat, mit Zauberern zusammenzuarbeiten, so ist das seine Sache, und man kann ihn nicht daran hindern. Aber es ist ein gefährliches Unternehmen, merk dir das, junger Mann!«

Er sah Barny scharf an, und der lächelte höflich. »Oh, dabei ist nichts Gefährliches. Ich bin beim Zirkus schon mit ganz anderen Leuten zusammengekommen, mit Schwertschluckern und Feuerfressern, und sie waren alle ganz harmlos, wirklich!«

Der Professor schnaubte einmal kurz durch die Nase, eine Angewohnheit, in der er große Fertigkeit erlangt hatte, lehnte sich in seinen Sessel zurück und schloß die Augen. Die Unterhaltung war beendet.

Barny fand seine neue Beschäftigung sehr leicht und angenehm. Er bürstete Herrn Marvels Anzüge und die verschiedenen Kostüme aus, kaufte für ihn ein und putzte die vielen Paare von Schuhen. Herr Marvel war der Meinung, Dummy mache es nicht ordentlich genug.

Mehr als einmal hatte er den Ärmsten erschreckt, indem er ihn anschrie und ihn einen Nichtsnutz, Dummkopf oder Tölpel nannte. Kein Wunder, daß Dummy viel zu aufgeregt war, um seine Arbeit zur Zufriedenheit zu erledigen.

Nach und nach weihte Herr Marvel Barny in die Geheimnisse seiner Kunst ein. Er erklärte ihm, was er auf der Bühne zu tun und welchen Winken er zu folgen hatte. Barny begriff schnell, worauf es ankam, und nach kurzer Zeit schon glaubte er, daß er einige der Tricks selber hätte vorführen können.

»Er ist viel besser als die meisten Zauberer in solchen kleinen Varietés«, sagte er. »Er könnte bestimmt etwas in London bekommen, aber er hält sich im Sommer lieber hier an der See auf.«

»Hat er schon etwas von deinem Vater gehört?« fragte Dina.

»So schnell geht es nicht, aber er hat gestern wieder zwei Briefe an alte Freunde geschrieben, die ihn vielleicht kennen könnten.«

Ein paar Tage später ging eine aufregende Neuigkeit in Rubadub von Mund zu Mund. Beamte von Scotland Yard waren eingetroffen, und ihr Kommen sollte in Zusammenhang mit der Explosion im Hafen stehen. Es hatte sich also doch wohl um Sabotage gehandelt.

Die Beamten wohnten im ›Drei Mann in einem Faß‹, und Stubs konnte Stunden damit zubringen, sie anzustarren. Hatten sie schon etwas herausgefunden? Hatten sie schon jemanden in Verdacht? Im Gasthaus wurde aufgeregt erzählt, daß sie auf dem Jahrmarkt gewesen waren. Ob einer der Leute dort etwas mit der Geschichte zu tun hatte?

»Barny sagte gleich, es wäre eine widerwärtige Bande. Vielleicht ist man hinter einem von ihnen her«, meinte Robert.

Frau Plump hatte den Detektiven zwei Räume zur Verfügung gestellt, und eines Tages sah Stubs den Professor eines der Zimmer verlassen und mit gesenktem Kopf die Treppen hinaufsteigen.

»Den haben sie bestimmt unter die Lupe genommen!« verkündete er mit großem Genuß. »Dem alten Scheusal trauen sie bestimmt nicht über den Weg. Er war damals ja auch dort oben und hat das Feuer beobachtet. Ob ich es der Polizei erzähle?«

Aber er entschloß sich, es doch lieber nicht zu tun. Schließlich hatte er den Alten nicht erkannt. Schade! Aber er würde die Augen offenhalten! Zu der gleichen Zeit, zu der die Beamten erschienen, verschwand Dummy spurlos.

Frau Plump war besorgt und ärgerlich zugleich. »Das hat er schon einmal gemacht, als ein Polizist ins Haus kam, wegen eines verlorengegangenen Hundes«, erzählte sie. »Ich verstehe nicht, warum er sich so fürchtet. Und gerade jetzt gibt es mehr als genug Arbeit, mit den drei neuen Gästen im Haus.«

Barny wollte sich gerne für die Stunden, in denen Herr Marvel ihn entbehren konnte, zur Verfügung stellen. Frau Plump war sehr erfreut und Herr Marvel sofort einverstanden.

Übrigens erkundigten sich die Beamten nach Barny, da sie erfahren hatten, daß er eine Zeitlang auf dem Jahrmarkt beschäftigt gewesen war, und sie wünschten, auch an ihn einige Fragen zu richten.

Aber außer daß es öfter zu Prügeleien mit angetrunkenen Matrosen kam und der Besitzer der Avusbahn die Besucher beim Einkassieren des Geldes betrog, konnte er keinerlei Hinweise geben.

»Und hast du bemerkt, daß dein Arbeitgeber wiederholt mit bestimmten Leuten zusammentraf?«

»Ja«, sagte Barny, »aber ich habe nie gehört, worüber sie sprachen.«

»Und jetzt bist du bei Herrn Marvel angestellt? Kommst du gut mit ihm aus?«

»Ja, er ist sehr freundlich zu mir, und die Arbeit ist leicht.«

»Hm«, sagte der Mann, »das wäre alles, vielen Dank.« Und Barny konnte gehen. Er wohnte jetzt in einem kleinen Raum unter dem Dach, und er war glücklich. Alles ging gut! Und das schönste war, daß Herr Marvel vielleicht schon bald etwas von seinem Vater hören würde!

XX

Und wer ist der Saboteur?

»Die Trill trillert heute wie ein verscheuchtes Vögelchen«, verkündete Stubs am nächsten Morgen. »Sie ist furchtbar aufgeregt, die Polizei war nämlich bei ihr. Sie hat mir erzählt, sie wäre
mit Fragen überschüttet worden.«

Robert grinste. »Aus der haben sie doch kein einziges ver-
nünftiges Wort herausgekriegt. Warum sind sie eigentlich nicht
zu uns gekommen? Nicht, daß wir ihnen etwas Wichtiges hätten

sagen können, aber die fragen ja die unmöglichsten Leute, ich sehe nicht ein, warum nicht auch uns?«

»Wir sind ja nur Kinder«, sagte Stubs düster, »und Barny haben sie auch nur gefragt, weil er auf dem Jahrmarkt beschäftigt war. Die haben gedacht, er könnte irgend etwas aufgeschnappt haben. Übrigens möchte ich gerne wissen, wo der gute alte Dummy geblieben ist. Er fehlt mir direkt.«

»Wahrscheinlich ist er schon weit weg von Rubadub«, sagte Robert. »Barny hat uns doch oft erzählt, daß Zirkusleute keinen Wert auf den Umgang mit der Polizei legen. Er wird gedacht haben, sie wollen ihm an den Kragen.«

Fräulein Trill segelte herein, flatternd und klingelnd wie eh und je. Dieses Mal verbreitete sie einen starken Duft von Gardenien. Sie war noch immer sehr erregt.

»Puh!« machte Stubs. »Die nebelt einen ja richtig ein. Ich werde gleich ohnmächtig!« Er stürzte aus dem Zimmer und hielt den Atem so lange an, bis er vor der Tür stand. Dann stieß er ihn erleichtert und sehr geräuschvoll aus. Fräulein Pfeffer, die gerade die Treppe herunterkam, sah ihn besorgt an.

»Fühlst du dich nicht wohl?«

»Vollkommen k. o.«, stöhnte er, fiel gegen die Wand und fächelte sich mit seinem schmutzigen Taschentuch Luft zu. »Gehn Sie bloß nicht 'rein, die Trill ist da drinnen, mit einer neuen Marke, ich meine Duftnote. Entsetzliches Zeug, gießt sie garantiert literweise über sich.«

»Sei nicht albern«, tadelte Fräulein Pfeffer, »sicher, sie tut ein wenig zuviel des Guten, und ich wünschte, sie benutzte ein nicht so starkes Parfüm. Ein frisches Eau de Cologne zum Beispiel wäre weitaus angenehmer. Aber daß du darum einen solchen Tanz veranstaltest!«

»Tanz!« schrie Stubs mit verzücktem Gesicht. »O ja, einen Mambo, bitte!« Und dann begann er, unter den unsinnigsten Verrenkungen vor ihr hin und her zu hüpfen. Dabei wedelte er mit den Armen in der Luft herum, schwenkte die Hüften und drehte und wiegte sich. Die alte Erzieherin betrachtete ihn zunächst voller Staunen, und dann mußte sie lachen, ob sie wollte oder nicht.

»Du bist der geborene Clown«, sagte sie. »Übrigens habe ich gar kein Verlangen, Fräulein Trills Ergüsse hinsichtlich des Verhörs noch einmal über mich ergehen zu lassen. Seltsamerweise waren die Beamten auch bei mir.«

»Wirklich?« Stubs vergaß augenblicklich weiterzuhüpfen. »Verhören sie denn jeden? Glauben die etwa, hier im Gasthaus sitzt einer, der mit der Geschichte was zu tun hat?«

»Ich weiß es nicht. Vielleicht hoffen sie, irgendwelche Hinweise zu erhalten. Daß jemand von den Gästen verdächtig ist, glaube ich nicht. Dieser Gedanke ist völlig absurd!«

»Aber ich glaube es«, flüsterte Stubs, der an die Nacht zurückdachte, in der das Schiff brannte. »Und ich wette, ich weiß auch, wer es ist!«

»Welch ein Unsinn!« sagte Fräulein Pfeffer sehr bestimmt. »Du bist schon wieder albern. Oh, guten Morgen, Herr Marvel. Hat man Sie auch verhört? Stellen Sie sich vor, unser Stubs meint, mehr zu wissen als die Polizei!«

»Und was, wenn ich fragen darf, junger Mann?« sagte Herr Marvel mit einem seltsamen Lächeln, das er manchmal zur Schau trug. »Wer von uns also ist der Saboteur?«

»Wie?« Stubs starrte ihn verständnislos an. »Ach, Sie meinen den Burschen, der das U-Boot in die Luft gejagt hat! Das ist mein Geheimnis!«

Er machte kehrt und entfernte sich schnell, mit kleinen grotesken Tanzschritten. Herrn Marvel würde er auf keinen Fall von seinem Verdacht auf Professor James erzählen. Aber war der Alte nicht jemand, der gut in so etwas verwickelt sein konnte? Er wußte bestimmt eine Menge gelehrtes Zeug, vielleicht verstand er sogar etwas von U-Booten, Raketen und Atombomben!

Nur – wie er überhaupt eine Nachricht aus dem streng bewachten Hafen bekommen konnte, war ihm schleierhaft. Na, das herauszufinden war schließlich Sache der Polizei. Oder sollte er selber ein bißchen schnüffeln? ›Man dürfte das Scheusal nicht aus den Augen lassen! Ich könnte noch einmal über das Dach kriechen‹, dachte er, ›und noch einmal in sein Fenster gucken. Toll, wenn ich ihn auf frischer Tat ertappte! Ob Robert mitmacht? Ich muß ihn gleich fragen.‹

Doch Robert zögerte. Er hielt den Professor zwar auch für die verdächtige Person im Gasthaus – man brauchte ja nur an den Abend zu denken und an das Stück, was er sich geleistet hatte, als er ihn im Spiegel beobachtete. Aber anderen Leuten in die Fenster zu gucken, das schien ihm doch zu weit zu gehen.

Er schüttelte den Kopf. »Nein, so etwas kann man nicht tun!«

»Quatsch«, setzte sich Stubs über diese Bedenken hinweg, »ein Verräter hat es nicht anders verdient. Wenn du nicht willst, frage ich einfach Barny.«

»Kommt gar nicht in Frage! Dann gehen wir eben zusammen.«

Sie sprachen mit Barny darüber, und auch er glaubte, daß mit dem Professor etwas nicht in Ordnung war.

»Dieser gebrechliche alte Mann, den er uns immer weismachen will, ist er auf keinen Fall«, sagte er, »und taub ebensowenig.«

Robert nickte. »Das haben wir auch schon festgestellt. Wir werden ihn ein bißchen beschatten. Und wann wollen wir unsere Dachbesteigung starten?«

»Wartet, bis die Polizei weg ist«, riet Barny, »sonst begegnen wir ihnen noch im Mondschein. Übrigens habe ich einen der Detektive aus dem Zimmer des Professors kommen sehen.«

»Also gut, warten wir noch ein paar Tage«, seufzte Stubs. »Ich will doch hoffen, daß sie bald verschwinden. Du, Barny, was sagt Miranda eigentlich dazu, daß sie jetzt so oft alleine sein muß?«

»Oh, sie ist sehr artig«, lachte er, »sie weiß, daß ich zu tun habe. Sie sitzt immer auf einem Kissen am Fenster und wartet, bis ich zurückkomme.«

»Wir könnten uns doch auch um sie kümmern«, schlug Robert vor. »Wir gehen jetzt an den Strand, sollen wir sie mitnehmen?«

»Ja«, sagte Barny dankbar, »da wird sie sich freuen. Ich habe noch eine Menge zu tun. Dummy fehlt überall, und ich muß mich beeilen, sonst werde ich nicht fertig.«

Dina kaufte Miranda eine kleine Schaufel, über die das Äffchen restlos glücklich war. Mit Feuereifer buddelte es Löcher in den Strand, und jedesmal, wenn Lümmel ihm zu nahe kam, wurde er mit einer Ladung Sand bedacht.

Noch immer brachte Stubs' Liebling neue Hundefreunde mit, und heute war es ein Pekinese.

Lümmel hatte vor einiger Zeit einen Knochen vergraben und beförderte ihn nun unter großen Anstrengungen ans Tageslicht. Der Pekinese verfolgte diese Ausgrabung mit größtem Interesse, und Lümmel ließ ein leises Knurren hören.

»Sei vorsichtig, Pekinese!« warnte Robert. »Es gibt nur eins, was Lümmel ab und zu verteidigt, und das ist ein Knochen!«

War der Fremde taub? Oder überhörte er absichtlich diesen gutgemeinten Rat? Jedenfalls schnappte er plötzlich zu, lief mit seiner Beute davon, und Lümmel rannte wütend bellend hinterher. Der Räuber drehte sich um, ließ den Knochen fallen, betrachtete seinen ehemaligen Freund giftig und fletschte die Zähne.

»Seht euch das an«, sagte Dina bewundernd. »Dieser Knirps hat Mut wie ein Löwe!«

Lümmel jagte auf ihn zu, der Pekinese aber dachte nicht im Traum daran, das Feld zu räumen, und stürzte sich wild schnappend auf seinen Verfolger.

Mit eingezogenem Schwanz gab Lümmel endlich Fersengeld,

und der Pekinese nahm seelenruhig den Knochen und verließ ohne jede Eile die Kampfstätte.

»Unserer sollte sich schämen«, sagte Robert verächtlich.

»Oh«, lächelte Fräulein Pfeffer, »noch viel größere Hunde als er haben vor dieser Rasse schon die Flucht ergriffen, sie ist bekannt als äußerst streitsüchtig. Der arme Lümmel.«

Der kehrte nach ungefähr zwanzig Minuten beschämt und bedrückt zurück, setzte sich neben sein Herrchen und sah es traurig an. Stubs legte den Arm um ihn.

»Mach dir nichts draus, mein Guter, ich liebe dich, auch wenn du manchmal ein Schaf bist.« Zärtlich strich er ihm über die Nase. »Laß dich mit diesen fremden Hunden nicht mehr ein, hörst du? Du hast nur Ärger davon.«

Etwas später kam Barny vorbei. Er war auf dem Weg zum Varieté, um in der Garderobe alles für die nächste Vorstellung zurechtzulegen. Er pfiff leise.

Miranda jagte über den Strand und saß mit einem einzigen Sprung auf seiner Schulter. »Ich gehe zum Landungssteg«, rief er den Kindern zu, »nachher habe ich ein paar Minuten Zeit!«

»Warte, wir kommen mit!« schrie Stubs.

»Nein, bleibt. Ich kann, ohne zu bezahlen, hineinkommen, ihr nicht. Es wäre Geldverschwendung. Also bis gleich!« Er ging davon und pfiff leise weiter. Barny war glücklich. Sein Auftreten mit Herrn Marvel war ein voller Erfolg. Er trug einen schwarzseidenen Umhang, lange schwarze Hosen und ein seidenes Käppchen, an dem ein Stern blitzte.

»Barny ist ein viel besserer Assistent, als ich es bin«, sagte Iris zu den dreien. »Er kommt wunderbar mit Herrn Marvel zurecht. Und das muß man Herrn Marvel lassen, er ist sehr gut zu Barny, viel netter, als er je zu mir gewesen ist. Er hat sogar ein paar neue Tricks mit ihm einstudiert.«

Ja, Barny war glücklich. Er hatte eine Stellung und war bei seinen Freunden. Auf einmal fand er das Leben schön.

XXI

Haben Sie sich verlaufen, Herr Professor?

Zwei oder drei Tage vergingen, Tage mit herrlichem August-
wetter, an denen das Meer und der Himmel tiefblau leuchteten
und nur wenige leichte Wölkchen über ihn zogen.

Die Kinder waren rotbraun wie die Indianer, und sogar Fräulein Pfeffer hatte, trotz Sonnendachs und breitrandigen Hutes,
etwas Farbe bekommen. Sie alle hatten großen Appetit, und
Frau Plump begann sich ernstlich Sorgen zu machen, ob sie an
diesen Gästen auch nur einen Pfennig verdienen würde. Besonders Stubs' Magen schien ein Sieb zu sein. »Du tust den ganzen
Tag nichts anderes als essen«, sagte Dina.

»Tatsächlich«, pflichtete Robert bei, »ich glaube, daß es keine Minute gibt, in der du nicht kaust. Und wenn du nichts weiter findest, dann bearbeitest du diesen gräßlichen Kaugummi.«

»Geschmackssache«, grinste Stubs und ließ ihn von einer Backe in die andere wandern. »Leider verliert er so schnell das Aroma.«

»Du bist unmöglich«, lachte Dina. Sie fand es einfach schrecklich, daß seine Kinnladen in ständiger Bewegung waren. »Wenn wir es ihm nur abgewöhnen könnten«, sagte sie leise zu Robert, »vielleicht nehmen wir ihm das Zeug einfach weg, wenn er im Wasser ist, was meinst du?«

»Fehlanzeige«, murmelte er, »er trennt sich ja nie davon und kaut sogar beim Baden. Und außerdem kann er sich ja immer wieder neuen kaufen. Aber paß auf, ich habe eine Idee!« Er beugte sich vor und flüsterte ihr etwas ins Ohr. Dina kicherte. »O ja, prima! Das wird ihn kurieren. Geh, lauf schon!«

Robert verließ den Strand, während Stubs und Lümmel sich im Wasser vergnügten, und kaufte ein Päckchen Plastilin. Er öffnete es, brach ein wenig ab, knetete es weich, und am Ende sah es einem Stück Kaugummi verblüffend ähnlich.

Bei der nächsten günstigen Gelegenheit fand der Tausch statt. Das Plastilin wurde sorgfältig in das alte Kaugummipapier gewickelt und in Stubs' Hosentasche versenkt.

»Jetzt bin ich ja gespannt, was passiert«, sagte Dina entzückt.

Aber es passierte nichts, nicht das geringste. Unglücklicherweise hatte Stubs sich eine große Tüte Bonbons gekauft und konnte auf andere Genüsse verzichten.

Nach dem Tee kam Barny strahlend zu ihnen gelaufen und rief schon von weitem: »Er hat einen Brief bekommen! Herr Marvel hat einen Brief bekommen! Von einem Freund! Er schreibt, daß er glaubt, meinen Vater zu kennen!«

»Ist das wahr? Oh, Barny!«

»Wunderbar!«

»Der gute alte Marvel!«

Fräulein Pfeffer lächelte ihm zu, und ihre Augen zwinkerten hinter den Brillengläsern. »Was steht denn in dem Brief? Welche Anhaltspunkte gibt es denn dafür, daß es sich tatsächlich um deinen Vater handelt?«

»Ja, also.« Barny holte tief Luft. »Er schreibt, daß der Mann, den er für meinen Vater hält, Schauspieler ist und viel in Shakespearestücken auftritt und daß er mit Vornamen Barnabas heißt. Meine Mutter muß mich nach ihm genannt haben.«

»Das ist sehr gut möglich«, nickte Fräulein Pfeffer. »Schrieb er auch den Nachnamen deines Vaters?«

»Johnson, Barnabas Johnson, aber Herr Marvel weiß nicht, ob es sein richtiger oder sein Künstlername ist. Ist es nicht wunderbar?«

»Sieht er dir ähnlich?« fragte Robert.

Barny zuckte die Schultern. »Näheres schreibt der Mann überhaupt nicht. Er weiß nur, daß mein Vater im Krieg war.«

»Toll! Supersupersupertoll!« schrie Stubs. »Ich möchte, verflixt noch mal, zu gern wissen, wie dein Vater aussieht. Ob er noch Schauspieler ist? Vielleicht ist er beim Militär geblieben, bei der Marine oder bei der Luftwaffe, dann ist er jetzt bestimmt schon Admiral oder General!«

»Es ist auch möglich, daß es ihm gar nicht gut geht, aber das wäre mir gleich, er wäre doch mein Vater!«

Barnys Dankbarkeit Herrn Marvel gegenüber kannte keine Grenzen. Sein Leben lang würde er ihm dankbar sein! Er putzte die vielen Paare von Schuhen, bürstete die Anzüge, bis kein Stäubchen mehr darauf war, und erledigte jede Besorgung schnell und gewissenhaft. Nie zuvor hatte Herr Marvel einen fleißigeren, vertrauenswürdigeren Assistenten gehabt.

Eines Morgens nach dem Frühstück verschwanden die Detektive und wurden nicht mehr gesehen. Frau Plump atmete erleichtert auf.

»Hier gibt es nichts mehr für sie herumzuschnüffeln«, vertraute sie Fräulein Pfeffer an. »Ja, unten in der Stadt vielleicht, besonders auf diesem Jahrmarkt. Dort treibt sich allerhand Volk herum, vor allen Dingen Matrosen. Wenn irgendwo etwas faul ist, dann da, aber nicht in meinem anständigen Gasthaus!«

Robert, Dina, Stubs und Barny trafen sich an diesem Morgen auf der Strandpromenade, um über ihren Plan zu sprechen. Nun, da die Beamten abgereist waren, konnten sie ihrerseits mit der Detektivarbeit beginnen. Stubs hatte es kaum noch erwarten können.

»Laßt uns erst einmal ein Eis essen«, schlug er vor, »dabei kann man besser nachdenken.« Aber nirgends war ein Eismann zu sehen.

»Na, dann eben nicht«, brummte er und kramte in seiner Hosentasche. Robert sah Dina verstohlen an und kniff ein Auge zu. Es war das erste Mal, daß Stubs Kaugummi essen wollte, nachdem sie das Stück Plastilin in das Papier gewickelt hatten. Sie waren schon sehr enttäuscht gewesen, daß er während der letzten zwei Tage seinem Lieblingssport nicht mehr gehuldigt hatte. Aber nun kamen sie ja doch noch auf ihre Kosten!

Stubs wickelte den Inhalt aus und schob ihn in den Mund.

Dina kämpfte gegen einen plötzlichen Lachreiz und versuchte, ihn durch hastiges Reden zu vertuschen. »Ist das Meer heute nicht zauberhaft? Einfach herrlich! Und die vielen kleinen Schaumkronen auf den Wellen, wie lauter zarte Spitzen, und die weißen Möwen und . . .«

»Du bist wohl total übergeschnappt, was?« Stubs warf ihr einen scheelen Blick unter zusammengezogenen Brauen zu. »Das klingt ja genauso, als ob die Triller trillerte. Bei dir trillert's wohl auch schon?«

Er schüttelte den Kopf und begann zu kauen. Und dann bekam sein Gesicht einen seltsamen Ausdruck, er kaute langsamer und langsamer, und Dina konnte sich kaum noch zusammennehmen. Und jetzt war es Robert, der zu Barnys Erstaunen hastig zu sprechen begann.

»Wir müssen unbedingt einen Plan machen. Wir müssen unbedingt schon heute abend etwas unternehmen. Der Professor sah heute morgen sehr niedergeschlagen aus, bestimmt hat die Polizei . . .«

Stubs hörte gar nicht mehr zu. Er stand da mit einem verzweifelten Ausdruck im Gesicht und wagte nicht weiterzukauen.

»Nein!« flüsterte er plötzlich. »Nein!« und dann spuckte er das Plastilin in hohem Bogen hinunter auf den Strand.

»Stubs!« rief Barny entsetzt. »Beinahe hättest du eine Frau getroffen! Was denkst du dir eigentlich?«

»Ich muß etwas trinken«, flüsterte er wieder, »ich muß etwas trinken!« Er stürzte davon, und sein Gesicht war kreideweiß.

»Das wollte ich nicht«, sagte Robert, und Dina und er starrten ihm nach. Barny aber, der die Geschichte von dem vertauschten Kaugummi nicht kannte, sah verständnislos von einem zum anderen.

Aber weder Dina noch Robert hatten Lust, jetzt Erklärungen abzugeben. »Er sah ganz weiß aus«, sagte Dina, »gar nicht komisch.«

»Was habt ihr nur? Was ist nur los?« drängte Barny, und endlich erzählten die beiden ihm, warum Stubs so eilig weggelaufen war. »Du darfst uns nicht verraten, hörst du?« bat Dina.

Als Stubs wiederkam, sah er schon etwas besser aus. »Mein Kaugummi«, sagte er und schüttelte den Kopf, »er schmeckte fürchterlich! Ich verstehe es nicht! Ich mußte ihn einfach ausspucken! Verflixt noch mal, ich konnte nicht anders! Nie wieder esse ich Kaugummi, niemals! Pfui, schmeckte der eklig!«

Dina kämpfte schon wieder mit dem Lachen, doch sie nahm sich zusammen, um nicht alles zu verderben, nachdem er einen solchen Entschluß gefaßt hatte. Nie wieder also würde er dieses Zeug kauen. Welch ein Erfolg!

»Ich habe ein Glas Wasser getrunken, um es genau zu sagen, einen ganzen Krug voll. Ich wurde diesen widerlichen Geschmack einfach nicht los. Mir war so übel, daß ich mir vornahm, das Päckchen, das ich noch oben hatte, wegzuwerfen. Und dann bin ich 'raufgegangen und habe es getan!«

»Richtig«, sagte Robert.

»Und hört zu«, Stubs senkte die Stimme plötzlich zu einem Flüstern und sah sich vorsichtig nach allen Seiten um. »Paßt auf, als ich in unser Zimmer wollte, traf ich das alte Scheusal im Flur. Da hat er doch gar nichts zu suchen, er schläft ja ganz woanders. Ich glaube, er ist in irgendeinem fremden Zimmer gewesen!«

Die anderen waren sehr beeindruckt. Robert pfiff durch die Zähne. »Hat er etwas gesagt?«

»Er nicht, aber ich! ›Hallo, Herr Professor‹, habe ich gesagt. ›Haben Sie sich verlaufen?‹ Er runzelte die Stirn, sah mich finster an und ging die Treppe hinunter.«

»Ob er die kleine Stiege zum Dach hinauf wollte?« überlegte Robert.

»Das geht ja nicht, die Tür ist ja verschlossen und der Schlüssel verschwunden, vielleicht gestohlen. Das ist alles sehr seltsam, wirklich, wirft ein seltsames Licht auf den Herrn. Ich glaube, es ist nötig, daß wir uns heute abend aufs Dach begeben!«

Robert nickte. »Aber Dina geht lieber nicht mit. Ich möchte nicht erleben, daß sie hinunterfällt.«

»Ich mag auch gar nicht. Ich kann ein bißchen Schmiere stehen. Ich weiß nur nicht, wie ihr überhaupt hinaufkommen wollt, wo die Tür doch abgeschlossen ist?«

»Ganz einfach«, sagte Robert, »wir klettern aus unserem Fenster.«

Sie waren alle sehr aufgeregt. Stubs gab dem überraschten Lümmel einen kleinen Klaps. »Eine Dachbesteigung, hast du gehört? Und ohne dich, mein Guter, es ist eine Schande, aber diesmal kannst du nicht dabeisein!«

XXII

Ein Licht blitzt auf

Fräulein Pfeffer konnte sich gar nicht erklären, warum die Kinder sich an diesem Abend so seltsam benahmen. Sie wechselten bedeutsame Blicke, und Stubs redete ohne Unterlaß von Katzen, die auf Dächer klettern und dabei blinzeln. Hin und wieder kniff er ein Auge zu, indem er einmal zu Dina und einmal zu Robert hinübersah.

»Warum treiben sich Katzen dauernd auf Dächern herum, Fräulein Pfeffer? Wärmen sie sich an den Schornsteinen?«

»Wozu sollten sie das?« sagte die alte Erzieherin kopfschüttelnd. »Nur wenige Schornsteine sind warm und auch nur dann, wenn den ganzen Tag über ein starkes Feuer in den Kaminen brennt. Doch was sollen diese absurden Fragen?«

Robert stieß Stubs unter dem Tisch an, der aber war nicht zu bremsen. »Ich kannte einmal einen warmen Kamin, ein herrliches Plätzchen, um dort zu sitzen.«

»Jetzt ist es genug«, bestimmte Fräulein Pfeffer. »Wenn du albern sein willst, verlasse bitte den Tisch.«

»Aber es gibt doch noch Pudding«, protestierte er mit flehendem Augenaufschlag und fügte, während er zu Fräulein Trill hinüberschielte, hinzu: »Ja, ja, ich höre schon auf zu trillern.«

Fräulein Pfeffer bedachte ihn mit einem beschwörenden Blick, doch Fräulein Trill hatte zum Glück nichts gehört, sie war zu sehr mit kaltem Fleisch und Salat beschäftigt.

Nach dem Essen trafen die drei Barny, der eine enttäuschende Nachricht mitbrachte. »Ich muß jetzt gleich ins Varieté und wollte euch vorher nur noch sagen, daß ich heute nacht nicht mitkommen kann. Ich muß nämlich nach der Vorstellung ein Paket für Herrn Marvel in die nächste Stadt bringen.«

»Aber vor Mitternacht bist du doch zurück?« meinte Robert.

»Nein, ich soll bis morgen früh in Pearley bleiben. An einigen Kostümen ist eilig etwas zu ändern, und ich muß darauf warten. Ich bringe die Sachen zu einer alten Frau, die Herrn Marvel anscheinend schon öfter diesen Gefallen getan hat. Ich fahre mit dem letzten Zug und nehme Miranda mit.«

»Wie schade. Dann müssen Stubs und ich also alleine gehen. Das nächste Mal kommst du dann mit, ja?«

»Klar«, sagte Barny, »aber jetzt muß ich mich beeilen, auf Wiedersehen.«

Die alte Standuhr im Speisesaal zeigte zehn Minuten vor acht. »Und was machen wir jetzt?« fragte Dina. »Es ist so schönes Wetter, wollen wir noch ein Stück spazierengehen?«

»Nein«, sagte Stubs prompt, »ich bin müde! Wahrscheinlich vom vielen Schwimmen heute nachmittag. Und ich will nicht noch müder werden, wegen heute nacht.«

»Na gut, dann können wir ja lesen. Ich habe gerade eine schöne Zirkusgeschichte angefangen. Ein Äffchen wie Miranda kommt auch darin vor.«

Es war beschlossen worden, daß Dina zu Bett gehen sollte. Sie brauchte nicht aufzupassen, denn es schien ziemlich ausgeschlossen, daß jemand es merkte, wenn sie aus dem Fenster kletterten.

»Dina, du mußt uns Fräulein Pfeffers Wecker organisieren«, sagte Robert. »Wir wollen erst nach zwölf los, und ohne das Ding werden wir bestimmt nicht munter.«

»Versteck ihn aber unter dem Kopfkissen, sonst fallen alle anderen Gäste auf unserem Flur aus den Betten. Fräulein Pfeffer kann ja nie früh genug ins Bett kriechen, und nach einer Weile schleiche ich dann in ihr Zimmer und borge ihn mir.«

Alles klappte wunderbar. Es war halb neun Uhr, als die Kinder hinaufgingen. Die alte Erzieherin unterdrückte ein Gähnen und nickte ihnen zu. »Ich komme gleich nach.« Dina sah Robert an. »Gut!«

Um einhalb zehn Uhr erschien sie mit dem Wecker bei den Jungen. »Stellt euch vor, sie schläft schon. Eigentlich hätte ich Lust mitzukommen.«

Robert schüttelte den Kopf. »Wir erzählen dir ja morgen früh alles.«

Er legte den Wecker unter das Kopfkissen. So, nun konnte ihn niemand hören, außer ihm.

Und er hörte ihn auch. Er wurde wach, stellte ihn ab und versuchte, den schnarchenden Stubs zu wecken. Das erwies sich als ein so schwieriges Unternehmen, daß er schließlich Lümmel zu Hilfe holen mußte. Der sprang auf seines Herrchens Bauch, leckte ihm eifrig die Nase, und gleich darauf fuhr Stubs hoch.

»Verflixt ...«, begann er, erinnerte sich plötzlich und sprang aus dem Bett.

»Sei nicht so laut«, mahnte Robert, »und binde Lümmel an, sonst springt er hinter uns her. Er wird doch nicht heulen?«

»Nicht, wenn ich es ihm verbiete«, sagte Stubs hoheitsvoll und band seinen Liebling an den Bettpfosten. Lümmel winselte ein bißchen, legte sich dann aber gehorsam nieder.

Sie kletterten leise aus dem Fenster. Am Himmel stand der Mond, aber manchmal verschwand er hinter den Wolken. Sie saßen auf dem Dach und sahen sich um.

Im Zimmer des Professors brannte Licht, wieder waren die Vorhänge zugezogen, und wieder zeigte sich ein schmaler Spalt in ihrer Mitte.

»Genug, um hineinzusehen«, flüsterte Robert, »los, wir müssen auf dem flachen Stück bleiben, sonst rutschen wir ab.«

Sitzend bewegten sie sich vorsichtig voran. Obwohl es nicht besonders gefährlich war, schlug Stubs' Herz wie ein Hammer.

Sie hatten das Fenster beinahe erreicht, als das Licht ausging. Das Zimmer lag im Dunkeln.

»Zu blöde«, flüsterte Robert, »was sollen wir jetzt machen? Wollen wir warten, was denkst du?«

»Ja, wir verstecken uns hinter dem großen Schornstein, dann kann der Alte uns nicht sehen, wenn er den Kopf an die frische Luft hält.«

Geräuschlos krochen sie weiter, und endlich lehnte sich Stubs, genau wie damals, gegen die Ziegel. »Kalt«, stellte er fest, »schadet aber nichts, die Nacht ist ja warm.«

Schweigend saßen sie und starrten ins Dunkel. Plötzlich aber packte Stubs Roberts Arm, so daß dieser vor Schreck beinahe aufgeschrien hätte.

»Verflixt, was ist das?«

Robert sah in die Richtung, in die Stubs zeigte, und war starr vor Staunen. In einiger Entfernung, weiter rechts und höher gelegen, blitzte ein Licht auf und verschwand, blitzte auf und verschwand. »Da signalisiert einer«, flüsterte Stubs. »Verstehst du das? Und aus welchem Fenster kommt es wohl?«

»Von hier aus kann man das nicht feststellen. Wir müssen näher herankriechen. Aber sei leise und laß mich zuerst.«

Sie hielten sich, soweit es irgend ging, im Schatten der Schornsteine und krochen langsam auf die Stelle zu, an der das Licht aufleuchtete. Es war hoch über ihnen. Was für ein Fenster mochte es nur sein? Bestimmt das höchste im ganzen Haus!

Und plötzlich griff Robert nach Stubs' Arm und flüsterte: »Ich weiß, woher es kommt, aus der Dachluke! Das hätten wir uns gleich denken können, wir Trottel!«

Und als der Mond nun wieder hinter den Wolken hervorkam, sahen sie es ganz deutlich. Die Luke war geöffnet!

»Hat die Polizei also recht gehabt! Hier ist irgend etwas faul! Ob es das alte Scheusal ist? Bei dem ging ja das Licht aus, kurz bevor die Funzelei anfing! Es sind doch Signale?«

»Klar!« Robert beobachtete gespannt die nächste Reihe von Blinkzeichen. »Vom Hafen aus kann man, wenn man an der richtigen Stelle steht, das Licht bestimmt gut sehen. Vielleicht ist der Spalt sogar in den Felsen gesprengt worden.«

»Es muß der Professor sein«, flüsterte Stubs wieder. »Wie können wir den Alten nur überführen? Das müssen wir unbedingt!«

»Ja, aber näher können wir nicht heran, das ist zu gefährlich. Und der Kerl darf auf keinen Fall erfahren, daß er beobachtet wird. Aber ich weiß was: du kriechst zurück durchs Fenster und versteckst dich auf der Galerie, dann siehst du ja, wer die Stiege herunterkommt.«

»Gut, du bleibst auf Beobachtungsposten, und ich entschwinde jetzt. Halte dich tapfer!«

So lautlos wie möglich pirschte sich Stubs wieder zurück in ihr Zimmer.

Er schlich zur Tür, fiel über Lümmel, der sein Herrchen begeistert begrüßte, und beide machten mehr Lärm, als nötig war.

»Wirst du wohl still sein«, zischte er und schob seinen Hund zur Seite. »Nimm endlich deine Pfoten von meinem Gesicht und sei ruhig!«

Endlich beruhigte sich Lümmel, und Stubs öffnete die Tür und sah hinaus. Auf der Galerie war es stockdunkel und das ganze Haus totenstill. Er überlegte, wo er sich verstecken sollte. Angst, gesehen zu werden, hatte er keine, so finster war es. Aber der Kerl konnte eine Taschenlampe haben, und deshalb schien es angebracht, sich möglichst unsichtbar zu machen.

Er drückte die Tür leise hinter sich zu, ging auf Zehenspitzen hinüber zu einem Fenster und verbarg sich hinter den dichten Vorhängen. Dort stand er und wartete, und sein Herz schlug wild.

Er wartete lange, doch nichts geschah. Kein Laut war zu hören, nicht einmal ein Knacken in den Dielen.

Aber plötzlich kam es ihm so vor, als räusperte sich jemand leise. War das möglich? Wäre jemand die Stiege heruntergekommen, er hätte es doch gemerkt! Er lauschte angestrengt.

Da, da war es wieder! Stubs wurde steif vor Angst. Du lieber Himmel, irgend jemand war auf der Galerie. Es gab keinen Zweifel! Aber wo?

Und jetzt öffnete sich die kleine Tür langsam. Im schmalen Streifen des herausfallenden Mondlichtes sah er, wie sich ein Mann durch den Spalt schob. Dann schloß sich die Tür geräuschlos. Stubs hatte nicht erkennen können, wer es war. Aber er war überzeugt davon, daß es nur der Professor gewesen sein konnte!

XXIII

Am Tag ist alles leichter

Hinter den Vorhängen verborgen, hörte Stubs das leise Ächzen der Dielen, als der Mann darüberging.

Er mußte ihm folgen, er mußte sehen, ob er auf der nächsten Galerie in seinem Zimmer verschwand. Wie ein Schatten huschte Stubs aus seinem Versteck und machte ein paar Schritte auf die Treppe zu. Er hatte vollkommen vergessen, daß sich noch jemand auf der Galerie befand.

Weiter entfernt hörte er eine Stufe knacken, und vorsichtig begann er, die Treppe hinunterzusteigen.

Aber plötzlich knarrte das Holz unter seinen Füßen, und der Mann, der jetzt auf dem letzten Absatz angelangt war, fing an zu rennen.

Er rannte die restlichen Stufen hinunter bis in die Diele, und Stubs jagte hinterher.

Und noch jemand rannte, rannte hinter Stubs her. Das mußte der sein, der sich vorhin geräuspert hatte. Er hetzte die Treppe hinunter und war ihm dicht auf den Fersen.

Stubs fühlte, wie eine Hand nach ihm griff. Er warf sich nach vorn, stürzte weiter und in den Speisesaal hinein, der im fahlen Licht des Mondes lag. Er mußte sich verstecken!

Dann kam ein Geräusch aus der Diele. Die beiden Männer schienen miteinander zu kämpfen, beinahe lautlos, nur manchmal hörte er ihr stoßweises Atmen.

Dann ein dumpfer Fall und Stöhnen. Stubs sah sich verzweifelt um. Wohin sollte er nur? Irgend etwas Entsetzliches ging vor.

Er stand neben der alten Uhr. Und plötzlich begann sie zu schnarren, wie sie es immer tat, bevor sie schlug.

Er fuhr zusammen, seine Haare sträubten sich, und seine Zähne schlugen aufeinander. Aber dann begriff er, was es war. Die alte Uhr! Darin konnte er sich verstecken!

Mit zitternden Händen öffnete er die Tür und fiel beinahe in den Kasten hinein. Die Kämpfenden waren jetzt im Speisesaal, kamen näher, entfernten sich wieder, und ein Stuhl fiel polternd zu Boden. Stubs hatte die Tür zugezogen und wagte kaum zu atmen. Das Schwingen des großen Pendels hatte aufgehört und auch das gleichmäßige Ticken.

Niemand bemerkte es, selbst Stubs nicht. Er hörte nur sein Herz schlagen, lauter als alle Uhren der Welt zusammen.

Krachend flogen die Kämpfenden gegen einen Tisch. Wer waren sie nur? Doch er versuchte nicht, die Tür auch nur einen Spaltbreit zu öffnen. Der Mut hatte ihn verlassen!

Ein Hund begann zu bellen. Es war nicht Lümmel, es war Herr Faß, der ganz in der Nähe in seinem riesigen Korb in Frau Plumps Büro schlief.

Die beiden Männer hielten inne. Und dann hörte Stubs sich hastig entfernende Schritte, ein Klicken und dann Stille. Einer der beiden hatte den Raum verlassen.

Stubs lauschte angestrengt. Auch der andere schien gegangen zu sein, denn jetzt knarrten die Stufen der Treppe.

Der Mann war hinaufgegangen. Stubs überlegte, ob er sein Versteck verlassen sollte. Er sehnte sich danach, wieder bei Robert zu sein. Am Tage war es leicht, Mut zu haben, aber nachts war alles anders!

Vorsichtig stieß er die Tür auf und kletterte hinaus. Sofort begann das Pendel sich zu bewegen, und die Uhr tickte von neuem laut und regelmäßig.

Auf Zehenspitzen lief er bis in die Diele. Er fürchtete sich sehr und wäre am liebsten in den Uhrenkasten zurückgekrochen. Plötzlich blieb er stehen, er glaubte, etwas gehört zu habe. Oh, lieber Himmel, was war das nur? Es mußte jemand in der Diele sein! Wie viele Leute geisterten denn durch dieses alte Haus?

Jetzt kam der Mond hinter den Wolken hervor, und Stubs wich zurück in den Schatten. Zitternd wartete er. Derjenige, der sich hier versteckt hielt, sollte nur zuerst herauskommen. Er jedenfalls würde sich nicht rühren, nicht einen Schritt!

Und plötzlich bewegten sich die schweren Vorhänge vor einem der großen Fenster. Stubs hätte beinahe aufgeschrien. Er stand dort, und der Schweiß brach ihm aus allen Poren. Gleich würde jemand dahinter hervorkommen!

Aber es kam niemand. Statt dessen traf ihn der breite Lichtstrahl einer Taschenlampe. Geblendet schloß er die Augen.

Mit ein paar Sprüngen war er an der Treppe und stürzte hinauf, immer zwei Stufen auf einmal nehmend, mit fliegendem Atem, in der Furcht, von dem Unbekannten verfolgt zu werden.

In seinem Zimmer angekommen, ließ er sich neben Lümmel zu Boden fallen. Was für eine entsetzliche Nacht! Dieses Haus schien eine wahre Brutstätte des Verbrechens zu sein!

Lümmel leckte ihn tröstend und winselte leise, denn er verstand nicht, warum sein Herrchen so verängstigt war. Plötzlich erinnerte sich Stubs an Robert. Er saß ja immer noch auf dem Dach! Was würde er denken, wenn er nicht zurückkam. Er mußte ihn sofort holen, ihm alles erzählen.

Er kletterte hinaus und sah Robert im Licht des Mondes neben dem Schornstein hocken. Beobachtete er noch immer das Fenster? Der Professor mußte ja jetzt wieder da sein.

Stubs kroch zu ihm hinüber. »Ewigkeiten bist du weggeblieben!« sagte Robert leise. »Die Lichtsignale haben schon lange aufgehört, und bei dem Alten ist es auch dunkel geblieben. Hier ist weiter nichts passiert. Was hast du nur die ganze Zeit gemacht? Weißt du nun wenigstens, wer die Treppe heruntergekommen ist?«

»Ich kann dir hier oben nicht alles erklären«, flüsterte Stubs. »Komm, aber vorher müssen wir erst noch in das Zimmer von dem alten Scheusal leuchten. Ich habe meine Gründe!«

»Hast du eine Taschenlampe?« Stubs nickte.

»Aber wenn er nun drin ist? Was wird er dann tun?«

»Gar nichts wird er tun«, sagte Stubs, »hübsch ruhig wird er sich verhalten. Der hat bestimmt eine Heidenangst. Los, es ist wichtig!«

Sie krochen zusammen bis zu dem Fenster und leuchteten durch den Spalt in den Vorhängen. Das Bett war leer! Niemand war in dem Raum!

»Ha, noch nicht zurück! Wo treibt er sich nun herum? Ich habe ihn doch nach dem Kampf die Treppe hinaufgehen hören.«

»Kampf?« fragte Robert fassungslos.

»Komm zurück ins Zimmer, dann erzähle ich dir alles, komm!«

Von neuem begrüßte Lümmel die beiden stürmisch.

»Laß uns erst nachsehen, ob die Tür zur Dachluke noch offen ist«, flüsterte Stubs.

Sie schlichen hinaus und drückten auf die Klinke.

»Dichtgemacht!« zischte er. »Und der Schlüssel ist weg, den hat er wieder mitgenommen, dieser Schuft. Und das Schloß hat er auch geölt, ich habe jedenfalls nichts quietschen hören.«

Sie schlichen zurück, aber plötzlich blieb Stubs wie angewurzelt stehen. »Teufel!« flüsterte er. »Was ist das?« Robert grinste.

»Das ist nur Herr Marvel, der ein bißchen schnarcht. Ich habe ihn schon oft gehört, du nicht?«

»Wenn der ahnte, was sich hier alles so tut, während er schnarcht!« murmelte Stubs mit düsterem Unterton. »Ewig schade, daß Barny nicht dabei war!«

Als sie nun endgültig zurückkehrten, warf sich Lümmel noch einmal begeistert auf sein Herrchen. Er begriff nicht, was für ein seltsames Spiel die Jungen spielten, aber solange sie immer wiederkamen, sollte es ihm recht sein.

Dann saßen sie auf dem Bett, Lümmel zwischen sich, und Stubs begann zu erzählen. Wie er sich auf der Galerie versteckt hatte, wie sich jemand geräuspert hatte, wie sich die Tür öffnete und er dem Mann die Treppe hinunter gefolgt war und wie er merkte, daß er selber verfolgt wurde.

»Und als eine Hand nach mir griff, da bin ich gerannt, direkt in den Speisesaal, und da habe ich mich in der alten Standuhr versteckt.«

»Was?« Robert warf seinem Vetter einen prüfenden Blick zu. »In der Uhr? Jetzt spinnst du!«

»Bestimmt nicht! Und dann kamen die beiden Kerle und kämpften. Sie rollten nur so im Zimmer herum, rissen sämtliche Stühle und Sessel um, krachten in die Uhr und ...« Stubs' Phantasie trieb die üppigsten Blüten, er erzählte und erzählte und schmückte seine Geschichte auf das großartigste aus.

»Und dann fing Herr Faß an zu bellen. Bellen? Was sage ich.

Er brüllte wie ein gefangener Tiger! Wie ein Tiger hinter Gittern! Ich verstehe gar nicht, daß du nichts gehört hast.«

»Quatsch«, sagte Robert, »ich war doch auf dem Dach. Wenn ich daran denke, daß ich nicht dabei war! Hast du keine Angst gehabt?«

»Bin ich ein Feigling? Teufel auch, dazu braucht es mehr, um mich zu schrecken!« Er machte eine kunstvolle Pause und stellte mit großem Genuß fest, daß seine Worte ihre Wirkung nicht verfehlt hatten. »Aber das ist noch nicht alles«, fuhr er mit zischender Stimme fort. »Als Herr Faß schrie, machte sich der eine von den Kerlen aus dem Staub, und ich glaube, in Richtung Küche. Ich hörte die Tür klappen. Der andere rannte die Treppe 'rauf, die Stufen knackten. Ich wette, es war das alte Scheusal. Mensch, ich möchte bloß wissen, wo der geblieben ist.«

»Und dann?«

»Ja, als ich dann in die Diele kam, um die Verfolgung wieder aufzunehmen, hörte ich wieder etwas. Stell dir vor, da war noch einer, der sich hinter den Vorhängen 'rumtrieb. Und von da aus funzelte er mir plötzlich mit seiner Taschenlampe im Gesicht 'rum. Da hatte ich die Nase voll und raste die Treppe 'rauf.«

»Klar«, sagte Robert, »hätte ich auch getan. Toll, einfach toll! Was da wohl vor sich geht? Wir müssen ihnen auf der Spur bleiben, mein Lieber!«

XXIV

Herr Marvel ist sehr freundlich

Nach dieser ereignisreichen Nacht waren die beiden Jungen so übermüdet, daß sie verschliefen. Als der Gong zum Frühstück durch das Haus dröhnte, kam Fräulein Pfeffer hereingehastet.

»Ich glaube, ich muß euch noch früher zu Bett schicken, wenn ihr auch um diese Zeit noch nicht munter werdet. Und nun beeilt euch bitte.«

Sie blinzelten verschlafen, doch als sie gegangen war, setzte Stubs sich mit einem Ruck auf.

»Mensch, jetzt fällt mir erst wieder ein, was in der Nacht los war. Und was wollen wir unternehmen?«

»Wir fragen Barny, wenn er aus Pearley zurückkommt«, gähnte Robert, und Stubs nickte. Sie warteten den ganzen Morgen, die Mittagszeit war schon vorüber, und sie hatten ihn immer noch nicht gesehen.

Aber dann kam er endlich. Er kam über die Promenade gelaufen, Miranda auf der Schulter, winkte aufgeregt und sprang hinunter auf den Strand. Fräulein Pfeffer machte einen kleinen Spaziergang, und so waren die Kinder allein.

»Hört zu«, sagte er, und seine Augen strahlten, »ich habe phantastische Neuigkeiten!«

»Was?« schrien sie alle.

»Mein Vater ist gefunden! Ist es nicht wunderbar? Seht her!«

Er zeigte ihnen einen Brief und ein mit Maschine geschriebenes Dokument.

»›Barnabas Paul Johnson‹«, las Robert laut, »›Alter vierzig Jahre, geboren in Westminster, London, verheiratet mit Teresa Lorimer, Beruf Schauspieler, Marineoffizier, nach dem Krieg im Geheimdienst, Aufenthaltsort kann nicht bekanntgegeben werden.‹«

Unterzeichnet war das Schriftstück von einem Offizier der Marine. Die Kinder lasen es wieder und wieder. Es war kaum zu fassen. Schade nur, daß Barny nicht erfahren konnte, wo sein Vater sich aufhielt.

»Oh, ich freue mich so, ich freue mich so!« Stubs umarmte ihn stürmisch. Dina und Robert klopften ihm auf die Schulter.

»Was steht denn in dem Brief?« fragte Dina.

»Nicht viel, er ist von einem Freund Herrn Marvels, und er schreibt nur, daß es ihm gelungen ist, meinen Vater ausfindig zu machen, und daß er anliegend das Dokument schickt.«

»Wenn wir nur wüßten, wo er ist. Kann Herr Marvel es nicht herausbekommen?«

»Er hat es schon!« sagte Barny glücklich. »Und zwar durch einen sehr seltsamen Umstand. Ich glaube, er wird nichts dagegen haben, wenn ich es euch sage. Aber ihr müßt schwören, mit niemandem darüber zu sprechen!«

»Wir schwören!« sagten sie atemlos.

»Gut«, sagte Barny und dämpfte die Stimme. »Herr Marvel ist von Beruf eigentlich etwas ganz anderes als Artist. Er ist auch beim Geheimdienst.«

Die Kinder starrten ihn an, und er lachte.

»Ich habe gewußt, daß ihr staunen würdet. Er ist ein ziemlich guter Magier, und er benutzt diese Gabe, um seine Tätigkeit zu tarnen. Er sagte, daß im Hafen Sabotage getrieben wird, und er wurde hierhergeschickt, um die Sache zu untersuchen. Toll, was?«

»Teufel auch!« sagte Stubs.

»Und«, fuhr Barny fort, und sein Gesicht glühte, »der Mann, mit dem er zusammen arbeitet, ist mein Vater. Herr Marvel kennt ihn nicht und hat ihn noch nie gesehen. Aber auf irgendeine Weise stehen sie in Verbindung. Und nun ratet, wo mein Vater jetzt ist?«

»Wo?«

»Im Unterseeboothafen! So nahe! Man kann es sich kaum vorstellen. Und ich wußte es nicht!«

»Wirst du ihn sehen?« fragte Dina.

Barny nickte. »Ja, aber ich weiß noch nicht, wann und wo. Anscheinend sind im Augenblick Untersuchungen wegen der Explosion im Gange, bei denen mein Vater zu tun hat. Unter den Soldaten müssen Spione sein.«

»Ich werde verrückt!« stöhnte Stubs. »Hoffentlich kannst du ihn bald sehen.«

»Hoffentlich!« Barny strahlte. »In ein oder zwei Tagen könnte es schon soweit sein. Herr Marvel sagt, er wird dafür sorgen, daß ich ihn sobald wie möglich treffe, obwohl es im Augenblick sehr schwierig ist, den Hafen zu verlassen.«

»Wir haben auch eine Neuigkeit, und ich wette, sie wird auch

Herrn Marvel interessieren«, sagte Robert, der sich plötzlich wieder an die Geschehnisse der letzten Nacht erinnerte. Und er erzählte, von Stubs unterstützt, die ganze aufregende Geschichte.

Barny lauschte mit wachsendem Staunen. »Das ist ja einfach toll! Und ich bin nicht dabeigewesen. Ausgerechnet an diesem Abend mußte ich nach Pearley. Wahrhaftig, eine tolle Geschichte!«

»Sollen wir zur Polizei gehen?« fragte Robert. »Was denkst du?«

»Ich glaube, es ist das richtigste, ich erzähle es zuerst Herrn Marvel. Wenn er es für nötig hält, dann könnt ihr mit ihm zusammen hingehen.«

»Prima Idee«, sagte Robert. »Am besten, du erzählst es ihm gleich. Aber vergiß nichts, auch die kleinste Kleinigkeit kann wichtig sein. Zu dumm, daß er heute nacht nichts gemerkt hat. Als wir in unser Zimmer gingen, hörten wir ihn schnarchen.«

»Wißt ihr, daß es schon halb zwei ist?« rief Dina plötzlich.

»Deshalb ist auch kein Mensch mehr am Strand. Du lieber Himmel, da wird Frau Plump nicht sehr begeistert sein. Zu spät zum Frühstück und nun auch noch zu spät zum Mittagessen.«

»Na und? Sie wird uns noch brummiger ansehen als sonst, das ist alles«, grinste Stubs. »Los, Lümmel, Mittagessen!«

»Wuff«, machte Lümmel, und sie liefen zum Gasthaus zurück.

»Komm gleich zu uns, Barny, wenn du mit Herrn Marvel gesprochen hast«, sagte Dina, während sie die Promenade entlangliefen. Fräulein Pfeffer geriet in große Erregung, und ihre Augen zwinkerten heftiger denn je hinter den dicken Brillengläsern, als sie erfuhr, daß Barnys Vater gefunden worden war. Die Kinder hatten ihr natürlich nicht gesagt, daß Herr Marvel beim Geheimdienst arbeitete, nur, daß er ein Treffen zwischen den beiden vermitteln wollte.

»Welch außerordentlich erfreuliche Nachricht für Barny«, wandte sie sich nach dem Essen an Herrn Marvel. »Es ist sehr,

sehr freundlich von Ihnen, sich so für ihn einzusetzen. Wir freuen uns sehr!«

»Er hat es verdient«, sagte Herr Marvel, »er ist ein guter, vertrauenswürdiger Junge. Es sind da übrigens noch einige Schwierigkeiten im Hinblick auf die Zusammenkunft. Doch es wird sich einrichten lassen. Ich werde jedenfalls mein möglichstes tun, dessen können Sie versichert sein.«

In diesem Augenblick kam Barny herein, der Herrn Marvel so schnell wie möglich berichten wollte, was er eben durch die Kinder erfahren hatte. »Darf ich Sie einen Augenblick sprechen?« fragte er. »Es ist sehr wichtig.«

Der Zauberer stand sofort auf. »Entschuldigen Sie mich bitte.« Er verbeugte sich höflich vor Fräulein Pfeffer und verschwand mit Barny im Garten. Sie blieben lange dort, und die alte Erzieherin konnte nicht begreifen, warum die Kinder nicht wie sonst gleich zum Strand hinunterliefen.

»Seid ihr zu müde zum Baden? Wenn ihr euch noch länger hier aufhaltet, werdet ihr vor dem Tee nicht mehr dazu komen. Nun geht, Kinderchen.«

Nach einer Stunde kam Barny hinunter zu ihnen. Er war ganz außer Atem, so war er gelaufen. »Tut mir leid, ich konnte nicht eher kommen.« Er warf einen Blick auf Fräulein Pfeffer, die schläfrig in ihrem Liegestuhl lag. »Braucht ihr vielleicht etwas Bewegung?«

»O ja, das wäre gar nicht so übel«, murmelte sie, »ich bin ganz zufrieden, wenn Lümmel mich eine Weile nicht stört. Anscheinend hat er die Absicht, den ganzen Strand umzugraben, und der Sand fliegt mir ständig in die Augen, sie sind leider etwas empfindlich. Aber seid pünktlich zum Abendessen zurück. Den Tee könnt ihr irgendwo in der Stadt trinken, ich mochte Frau Plump heute nicht bitten, uns etwas mitzugeben, denn sie schien recht ungehalten, daß ihr euch zu beiden Mahlzeiten verspätet habt.«

»Wir gehen in die kleine Konditorei und essen Mandeltorte«, sagte Stubs eifrig. »Und ich esse mindestens drei Stück«, fügte er genießerisch hinzu, als sie außer Hörweite waren.

Sie gingen ein ganzes Stück über den Landungssteg hinaus. »Schieß los!« Robert ließ sich in den Sand fallen. »Was hat Herr Marvel gesagt?«

»Zuerst einmal, daß ich, seid mir nicht böse, euch nicht alles erzählen darf, was er unternehmen will. Er hat mich ausdrücklich darum gebeten. Und auch das, was ihr jetzt hört, müßt ihr für euch behalten. Das müßt ihr mir versprechen.«

»Wir schwören!« schrie Stubs. »Ja, wir versprechen es«, sagten Dina und Robert, und Lümmel bekräftigte ihre Worte mit einem tiefen, feierlichen: »Wuff!«

»Also«, begann Barny, »Herr Marvel war natürlich sehr interessiert und sehr ärgerlich darüber, daß er die ganze Sache verschlafen hat. Er war entsetzt, als er von den Lichtsignalen hörte, und befürchtet, daß noch mehr Explosionen geplant sind oder daß sie vielleicht wichtige Dokumente stehlen wollen, oder sonst etwas.«

»Hast du ihm gesagt, daß wir den Professor verdächtigen?« fragte Dina.

»Ja, stellt euch vor, er steht schon länger unter Beobachtung, aber sie haben noch nicht genügend Beweise. Nur eins versteht Herr Marvel nicht, und zwar die Geschichte mit dem Kampf. Daß der eine der Professor war, steht für ihn fest. Wer die beiden anderen waren, weiß er nicht. Er hält es für möglich, daß Mitglieder des Spionageringes sich untereinander bekämpfen. Aber er sagte, er könnte sich vorstellen, wer der eine ist. Und ihr werdet nie erraten, wen er verdächtigt!«

XXV

In dieser Nacht wird viel geschehen

»Verdächtigt er etwa Frau Plump?« fragte Dina nach einer Pause.

»Nein, aber es ist jemand, den wir alle sehr gut kennen.«

»Der Clown?«

»O nein, und sagt jetzt nur nicht noch Fräulein Trill, denn die ist es auch nicht.«

»Ich gebe es auf«, erklärte Robert endlich, »los, sag es schon.«

»Dummy!« sagte Barny. »Herr Marvel meint, daß er gar nicht so dumm ist, wie er tut, und er denkt, daß er Hand in

Hand mit dem Professor gearbeitet hat. Ich kann es eigentlich gar nicht glauben.«

»Ich auch nicht«, murmelte Stubs, ganz erschüttert von dieser Behauptung. »Ich mochte Dummy gern.«

»Mir geht es genauso«, sagte Barny, »aber wiederum ist Herr Marvel kein Mann, der leichtfertig so etwas sagt. Weshalb ist Dummy damals weggelaufen, als die Polizei kam? Er hat sich damit sehr verdächtig gemacht, und es sieht so aus, als hätte er ein schlechtes Gewissen gehabt. Herr Marvel meint das jedenfalls.«

»Komisch benommen hat er sich ja«, überlegte Robert.

»Ihr seid wohl verrückt geworden!« schrie Stubs mit hochrotem Kopf. »Ich glaube es nicht! Nie und nimmer!«

»Reg dich nicht so auf«, beruhigte Barny, »es steht ja noch nicht fest, daß er etwas Böses getan hat. Aber eins steht fest, nicht alle Leute sind so nett und freundlich, wie sie tun. Du glaubst gar nicht, wie verlogen sie sein können.«

»Das ist doch ganz egal«, schrie Stubs wieder, »es ist doch ganz egal, wenn ich nicht gleich weiß, daß einer schlecht ist. Ich gebe zu, ich bin schon oft 'reingesegelt. Hauptsache, ich weiß, ob einer gut ist. Und daß Dummy gut war, habe ich sofort gesehen, wenn er auch nicht so ganz richtig im Kopf ist.«

»Vielleicht hast du recht«, sagte Barny. »Vielleicht hat ihm jemand gedroht, vielleicht der Professor, und aus Angst hat er dann alles getan, was der von ihm verlangte.«

»Und sollen wir nun zur Polizei gehen?« fragte Dina.

»Noch nicht, erst wenn Herr Marvel die allerletzten Beweise hat. Aber er ist sehr zuversichtlich und glaubt, daß es bald soweit sein wird, vielleicht schon morgen, und ich bin dann dabei. Ich kann euch nichts weiter darüber sagen, nur, daß es mit dem ersten Treffen mit meinem Vater zusammenhängt. Aber wenn alles vorüber ist, erzähle ich es euch.«

Nach dieser langen Rede holte Barny tief Luft, und Robert

und Dina starrten ihn an. Nur Stubs sah noch immer bedrückt aus, des guten alten Dummy wegen.

»Kommt, wir gehen Tee trinken«, schlug Dina endlich vor. Bei diesen Worten hellte sich Stubs' Gesicht etwas auf. Barny klopfte ihm auf den Rücken. »Mir tut es auch um Dummy leid, das kannst du mir glauben.«

Stubs schwieg und streichelte Lümmels weiches Fell. Doch nachdem er seine Drohung wahr gemacht und drei Stück Mandeltorte gegessen hatte, war er beinahe wieder der alte.

»Ich begreife nicht, wie du das bewerkstelligst.« Dina schüttelte den Kopf. »Ich könnte das nicht. Und ich wette, du wirst heute nacht Alpträume haben. Drei Stück Mandeltorte. Das kann ja gar nicht gut gehen!«

Die Kinder blieben unruhig und wußten nichts mit sich anzufangen. Und beim Abendessen sah Fräulein Pfeffer sie prüfend durch ihre dicken Brillengläser an und sagte: »Hättet ihr Lust, noch einmal das Varieté zu besuchen? Barny würde sich sicher freuen, und ihr habt ihn ja noch gar nicht auf der Bühne bewundert.«

So gingen sie also zum zweitenmal in die Vorstellung. Der Professor war auch wieder erschienen. Verstohlen sahen sie zu ihm hinüber. Ha, das Scheusal hatte keine Ahnung, daß sie alles von ihm wußten. Und Stubs knirschte mit den Zähnen; falls dieser Kerl Dummy etwas getan haben sollte, würde er sein Mütchen an ihm kühlen. Der beachtete die drei übrigens kaum, machte einen ziemlich uninteressierten Eindruck und wurde erst munter, als Herr Marvel mit seinem neuen Assistenten auftrat.

Barny stellte sich sehr geschickt an, und er sah hübsch aus in seinem phantastischen Kostüm. Wieder erriet der Zauberer die verschiedensten Gegenstände und wieder die vielstelligen Zahlen, dieses Mal sogar sechs hintereinander. Das Publikum tobte vor Begeisterung, und Herr Marvel bedankte sich unter vielen Verbeugungen.

Eigentlich wollten die Jungen auch in dieser Nacht aufpassen, ob wieder etwas Seltsames in dem alten Gasthaus geschah. Aber sie waren so müde von der vorhergegangenen durchwachten Nacht, daß sie sofort einschliefen und noch nicht einmal merkten, als Lümmel im Schlaf bellte.

Stubs wurde übrigens, wie Dina vorausgesagt hatte, von Alpträumen geplagt. Der schrecklichste aber war der, daß jemand auf seinem Bauch saß, kräftig darauf drückte und verkündete, daß viel zuwenig Torte darin wäre, und ihn mit einem großen Stück zu füttern begann.

Niemand hörte in dieser Nacht etwas, noch nicht einmal Barny, der sich, viel zu aufgeregt, um schlafen zu können, unruhig hin und her warf. Herr Marvel hatte am Abend ein langes Gespräch mit ihm geführt und ihm in Aussicht gestellt, daß, wenn am Morgen die Post käme, er ihm vielleicht schon sagen könne, wann er seinen Vater sehen würde.

Barny traf ihn nach dem Frühstück. Fragend sah er ihn an. War der Brief gekommen? Herr Marvel nickte ihm zu. »Komm um elf Uhr zum Landungssteg«, sagte er, »dann wird Frau Plump dich entbehren können.« Leise pfeifend, ging Barny mit Miranda davon, und auch Frau Plumps Verdächtigung, er habe etwas aus der Speisekammer genommen, rührte ihn nicht.

»So etwas tue ich nicht«, sagte er ruhig. »Es tut mir leid, aber wenn Sie von mir glauben, ich stehle, dann kann ich nicht bleiben, dann werde ich gehen.«

Doch eine so tüchtige Hilfskraft wollte Frau Plump auf keinen Fall verlieren. Sie nahm ihre Anschuldigungen zurück und glaubte es nun eigentlich selber nicht mehr, daß dieser Junge ein Dieb sein sollte.

Zur verabredeten Zeit machte sich Barny auf den Weg, um Herrn Marvel zu treffen. Der Zauberer wartete schon auf ihn, nahm seinen Arm, und sie gingen zu einem abgelegenen Teil der Promenade und setzten sich auf eine Bank.

»Ich habe alles vorbereitet«, sagte er. »Mit der Morgenpost kam ein Brief von einem meiner Leute. Die Saboteure sind entlarvt. Aber es darf noch nichts an die Öffentlichkeit dringen.«

»Ja, natürlich«, sagte Barny.

»Heute abend wird mir eine Liste mit den Namen überbracht werden, nicht im Gasthaus, ich treffe den Mann draußen auf dem Meer. Das ist sicherer.«

»Ja, natürlich«, sagte Barny wieder.

»Und da ich nicht rudern kann, muß ich dich bitten, es für mich zu tun. Kannst du das?«

»Ja«, sagte Barny, »gern.«

»Und als Belohnung sage ich dir dieses: Der Mann, der die Geheimdokumente überbringt, ist dein Vater!«

Barny starrte ihn an. Er hatte also sein Versprechen gehalten, er hatte seinen Vater gesucht und gefunden, und er sorgte nun auch dafür, daß er ihn sah. Barnys Dankbarkeit kannte keine Grenzen.

»Und nicht ein einziges Wort zu irgend jemandem, mein Junge. Du verstehst, daß es sehr schwierig war, es so einzurichten, daß dein Vater der Überbringer der Listen ist. Ich habe es für dich getan, und du mußt schweigen, auch deinen Freunden gegenüber. Ich würde in Schwierigkeiten geraten, würde etwas bekannt.«

»Sie können sich auf mich verlassen«, sagte Barny strahlend vor Glück und Erregung.

»Ja, ich denke, ich kann es. Sei also um Mitternacht am Strand. Dann wird der Mond aufgegangen sein, und ich werde mit dem Boot auf dich warten. Ich will jetzt gehen. Auf Wiedersehen, mein Junge, und vergiß nicht, zu niemandem ein Wort!«

»Herr Marvel, noch etwas, bevor Sie gehen. Weiß mein Vater schon von mir? Weiß er, daß er mich heute nacht trifft?«

»Ja, sobald er dir die Papiere übergeben hat, kannst du mit ihm sprechen. Ich glaube schon, daß er dich erkennen wird, wenn es für ihn vielleicht auch schwer ist, an sein Glück zu glauben. Schließlich hat er bis jetzt nicht gewußt, daß er einen Sohn hat.«

Er ging, um mit dem Bootsvermieter zu sprechen, und Barny lief zurück zum Gasthaus. Er machte sich daran, das Silber zu putzen, und weil niemand in der Nähe war, begann er, ganz gegen seine Gewohnheit, laut zu pfeifen.

Frau Plump erschien plötzlich in der Tür, beinahe noch brummiger als sonst. »Barny, was denkst du dir eigentlich, solchen Lärm zu veranstalten?«

Ach, was er dachte, konnte er ihr nicht sagen, obgleich er am liebsten jedem von seinem Glück erzählt hätte. Er dachte an heute abend, an die geheimnisvolle Bootsfahrt und an das Zusammentreffen mit seinem Vater.

Was würde er sagen? Würde er ihm gefallen?

Er betrachtete sich in dem kleinen Spiegel an der Wand. Ob sein Vater auch blaue Augen und blonde Haare hatte? Er hoffte, daß sie sich ein wenig ähnlich sähen.

Für Barny wollte dieser Tag gar kein Ende nehmen, aber für die drei draußen am Strand verging er schnell genug. Sie badeten, nahmen ein Boot und ruderten rund um die Mole und wieder zurück. Nach dem Tee fingen sie Garnelen, und am Ende hatten sie eine ganze Reihe von Musterexemplaren, und Stubs wollte Frau Plump bitten, sie ihnen zu kochen.

Barny trafen sie erst kurz vor dem Abendessen. Er lachte sie glücklich an.

»Neuigkeiten?« fragte Robert.

»Ja, viele und gute! Aber ich darf euch leider nichts weiter sagen, ihr wißt ja, warum. Heute nacht wird viel geschehen, und morgen werde ich euch alles erzählen.«

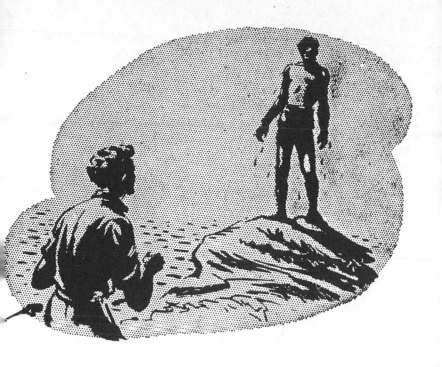

XXVI

Er war es nicht

Um halb elf Uhr ging Barny hinauf in sein Zimmer. Er versuchte gar nicht erst, noch etwas zu schlafen, so aufgeregt war
er. Heute nacht würde er seinen Vater sehen!

Ruhelos ging er hin und her. Miranda war erstaunt und verwirrt, so kannte sie ihn ja gar nicht. Sie saß auf seiner Schulter
und schnatterte manchmal leise, wie um sich in Erinnerung zu
bringen.

Barny dachte und dachte. ›Ob er nett zu mir ist? Wie soll ich
ihn überhaupt nennen? Ob er wohl sagt, daß ich bei ihm bleiben

soll? Vielleicht habe ich auch Onkel und Tanten und Vettern und Kusinen? Ach, die Hauptsache ist, ich habe einen Vater!‹

Elf Uhr, halb zwölf, zwanzig Minuten vor zwölf, Zeit zu gehen.

Er schlich vorsichtig die Treppe hinunter, Miranda auf der Schulter. Er konnte sie nachts nicht alleine lassen, sie hätte sich zu sehr gefürchtet und es ihm nie vergessen.

Er ging über die Hintertreppe, die in die Küche führte, öffnete die kleine Tür und glitt wie ein Schatten hinaus.

Im Hause schlug die alte Standuhr dreimal – ein Viertel vor zwölf. Es war noch zu früh, trotzdem lief er weiter und war bald unten am Strand.

Er wartete. Der Mond kam hinter den Wolken hervor und überflutete alles mit seinem Licht. Es war eine herrliche Nacht. Die Ebbe hatte eingesetzt, und das Wasser ging schnell zurück. Es würde ganz einfach sein, hinauszurudern.

Dann hörte er ein schwaches Geräusch hinter sich. Es war Herr Marvel. »Da bist du ja, mein Junge«, sagte er leise.

Das Boot war ziemlich groß. Barny saß Herrn Marvel gegenüber, in jeder Hand ein Ruder. Im Heck lag ein Bündel Persenning und im Bug ein zusammengerolltes Tau. Das abfließende Wasser zog sie hinaus, doch Barny ruderte trotzdem mit aller Kraft, damit sie noch schneller vorankamen.

Es schien, als tropfe das Mondlicht von den Rudern, wenn sie einen Augenblick über dem Wasser waren, ehe sie wieder hineintauchten. »Dort drüben, zu den großen Felsen«, sagte Herr Marvel. »Siehst du, die dort, die vom Lande weit ins Meer führen.«

»Ach, das sind ja dieselben, auf denen wir standen, als wir uns den Rubadubstrudel ansahen. Es war ein toller Anblick!« sagte Barny.

»Das ist gut, am Strudel soll ich den Mann, deinen Vater, treffen.«

»Ich kenne den Weg genau.« Barny trieb das Boot mit raschen Schlägen voran. Und endlich hatten sie das äußerste Ende der Felsenkette erreicht. Jetzt mußte er darauf achten, den Eingang zu finden. Er zog die Ruder ein und hielt Ausschau.

»Da ist er«, sagte Herr Marvel plötzlich, »dort drüben, du mußt ein bißchen mehr nach links halten, dann haben wir ihn gerade vor uns.«

Und bald schon trieben sie durch die enge, gewundene Durchfahrt. Diesmal wirkte alles ganz anders als damals an dem strahlenden, sonnigen Tage. Jetzt war alles groß, dunkel und unheimlich. Auch das Wasser war viel niedriger, denn die Ebbe würde bald ihren tiefsten Stand erreicht haben.

Barny ruderte, bis er das Gurgeln hörte, dann sah er sich nach dem Pfahl um.

»Ach, hier ist er ja«, sagte er, »ich werde das Boot hier festmachen, dann können wir nicht in den Strudel hineingezogen werden.«

Leise schaukelnd lag es auf dem Wasser, und Barny sprang hinaus. »Was muß ich jetzt tun? Und wie kommt mein Vater zu uns?«

»Er schwimmt!« sagte Herr Marvel.

Barny war maßlos erstaunt. »Er schwimmt? Aber das ist doch ganz unmöglich, der Hafen ist ja von Felsen eingeschlossen, und die Gitter an den Durchfahrten reichen bis tief unter das Wasser.«

»Dein Vater ist ein mutiger Mann. Er wird unter ihnen hindurchtauchen. Er hat es schon öfter getan, es ist der einzige Weg, uns die geheimen Informationen zu überbringen.«

Barny sah Herrn Marvel verständnislos an. »Aber warum muß er das alles so heimlich tun? Die Wachen könnten doch auf ihn schießen, wenn sie ihn entdecken.«

»Still«, unterbrach ihn der Zauberer, »ich höre jemanden kommen. Also, du weißt Bescheid? Vergiß das Losungswort nicht: ›Mondnacht‹. Er wird dir dann ein Päckchen übergeben, du bringst es sofort zu mir, und dann geh zurück und sprich mit ihm. Ich bleibe hier. Ein dritter würde nur stören, wenn du zum erstenmal mit deinem Vater zusammentriffst.«

Barny nickte. Er konnte vor Erregung nicht sprechen. Auch er hörte jetzt, daß jemand kam, und sein Herz schlug wild.

Ein Mann erschien oben auf den Klippen. Er triefte vor Nässe, und sein Körper glänzte im Licht des Mondes. Barny starrte zu ihm hinauf.

Er war groß, breitschultrig und schwarzhaarig. Barny lief ihm entgegen, sprang von Felsen zu Felsen und über tiefe Spalten. Und plötzlich hörte er eine scharfe Stimme: »Das Losungswort!«

»Mondnacht!« stotterte Barny. Er konnte das Gesicht des Mannes nicht erkennen, denn der Mond verschwand in diesem Augenblick hinter den Wolken.

Der Mann zog ein Päckchen aus dem Gürtel der Badehose und warf es ihm zu.

»Fang«, sagte er. Barny fing es auf und lief damit zu Herrn Marvel zurück. Der griff hastig danach.

»Du bist ein tüchtiger Junge, und nun geh und sprich mit deinem Vater.«

Barny lief wieder davon, zitternd vor Aufregung. Aber der Mann hatte sich schon abgewandt und stieg über die Felsen zurück.

»Warten Sie, warten Sie! Wissen Sie nicht, wer ich bin?«

Der Mann drehte sich um. »Woher sollte ich das wissen?« fragte er.

»Ich bin doch Ihr Sohn!« rief Barny. »Hat Herr Marvel es Ihnen nicht erzählt? Er sagte, Sie wären mein Vater!«

Der Mann begann zu lachen. »Da hat er dich wohl ein bißchen auf den Arm genommen, wie? Und diesen Unfug hast du geglaubt?«

Der Mond kam jetzt hinter den Wolken hervor, und Barny konnte das Gesicht desjenigen da oben erkennen. Entsetzt starrte er es an. Es war ein kaltes, böses Gesicht. Der Mann lachte wieder.

»Das war so einer von seinen Späßen, schätze ich.« Und immer noch lachend, verschwand er hinter einem der Felsen.

Barny fühlte sich mit einem Schlage elend. Er setzte sich auf einen Stein. Miranda hatte er im Boot gelassen, doch plötzlich war sie da und kuschelte sich schnatternd an ihn.

»Oh, Miranda, er war es nicht, er war es nicht! Ich verstehe nichts, gar nichts begreife ich mehr. Oh, Miranda!«

Und dann packte ihn eine wahnsinnige Wut. Warum hatte Herr Marvel ihn so betrogen? Warum? Er sollte es ihm erklären, sofort! Und wehe, wenn er es nicht konnte!

Er jagte zurück, aber das Boot war verschwunden. Barny hatte das Gefühl, als träume er einen schrecklichen Traum.

Er hetzte auf dem schmalen Sims weiter, bis dorthin, wo die Einfahrt begann.

Und da sah er es, kurz vor dem letzten Felsen! Er stürzte sich ins Wasser, mit Miranda auf der Schulter, schwamm darauf zu und schrie:

»Herr Marvel! Warten Sie! Sie sollen warten!«

Doch der Zauberer dachte nicht daran. Barny war ein guter Schwimmer, und seine Wut verlieh ihm Riesenkräfte. Er erreichte das Boot und versuchte sich daran festzuhalten.

Herr Marvel schlug mit dem Ruder nach ihm und traf ihn am Kopf. »Mach, daß du wegkommst«, zischte er. »Ich kann dich nicht mehr gebrauchen, verstanden?«

»Warten Sie doch!« schrie Barny verzweifelt.

Und plötzlich begriff er. Alles begriff er! Herr Marvel war der Spion! Er war nicht beim Geheimdienst. Er gehörte zu dem Spionagering im Unterseeboothafen! Und als er merkte, daß er, Robert und Stubs ihm auf der Spur waren, hatte er sich diese

Geschichte mit seinem Vater ausgedacht, um einen möglichen Verdacht zu zerstreuen und sein Vertrauen zu gewinnen. Und ohne es zu wissen, hatte er diesem Kerl geholfen!

»Ich kriege Sie schon noch!« schrie er außer sich. »Sie entkommen mir nicht!«

»Das glaube ich kaum«, rief Herr Marvel und ruderte unbeirrt weiter. »Ich habe, was ich brauche, dank deiner freundlichen Hilfe. Es handelt sich, falls es dich interessiert, um den Plan eines neuen U-Bootes. Und nun laß dir die Zeit nicht lang werden. Bis dich einer hier findet, bin ich in Sicherheit.«

Barny schwieg. Ihm blieb nichts anderes übrig, als mit Miranda zurückzuschwimmen zu der Anlegestelle, zu warten und zu hoffen, daß vielleicht in ein oder zwei Tagen jemand kam und ihn erlöste.

Aber was war das? Was passierte dort? Herr Marvel schrie gellend auf, und das Boot schwankte. Was war geschehen?

XXVII

Ein schrecklicher Weg

Barny kletterte auf einen Felsen, um zu sehen, was vor sich ging. Der Mond schien jetzt hell, und er konnte alles erkennen. Zwei Männer waren im Boot! Wer war der zweite? Doch wer es auch sein mochte, ein Freund Herrn Marvels bestimmt nicht. Die beiden kämpften miteinander, und das Boot drohte jeden Augenblick zu kentern.

Woher war der zweite nur gekommen? Barny hörte das schwere Atmen der beiden Männer. Miranda, vollkommen durchnäßt, hatte sich verängstigt unter seinem Hemd verkrochen.

Plötzlich gab es ein klatschendes Geräusch. Einer war über Bord gegangen. War es Herr Marvel? Oh, wenn er es doch wäre! Barny kniff die Augen zusammen, um besser sehen zu können.

Aber Herr Marvel saß im Boot und ruderte wie um sein Leben. Und der andere schlug wild um sich und schrie um Hilfe.

›Er kann nicht schwimmen!‹ durchfuhr es Barny. Wieder stürzte er ins Wasser und war mit ein paar kräftigen Stößen bei dem Ertrinkenden, der ohnmächtig zu sein schien. Er packte ihn unter den Armen, schwamm mit ihm zurück und zog ihn auf den Felsen.

Er sah hinunter auf den Mann und wußte sofort, wer es war. Dummy! Barny glaubte zu träumen.

Dummy öffnete die Augen und starrte ihn an. Plötzlich richtete er sich auf und sah über das vom Mond beschienene Wasser. Weit entfernt war das Boot als kleiner Punkt zu erkennen.

Dummy schrie etwas in einer fremden Sprache und schüttelte die Faust. Dann drehte er sich um und klopfte Barny auf die Schulter, während er vor Kälte zitterte. »Guter Junge.«

»Dummy, woher bist du nur gekommen?«

»Ich die ganze Zeit im Boot, ich gewußt, daß Marvel böse. Er Spion, er Lichtsignale gegeben.«

»Aber warum hast du niemandem etwas davon erzählt?«

»Keiner mir glauben. Ich ihn beobachten und er mich dabei entdeckt. Er gedroht mit Polizei, würden holen mich.«

»Und dann kam die Polizei wirklich«, sagte Barny, »und du dachtest, sie wollten dich mitnehmen. Und wo hast du dich versteckt?«

»Keller, Essen aus Speisekammer genommen. Aber ich gewacht und einmal gekämpft mit Marvel.«

»Dann warst du also der dritte in der Nacht, als Stubs sich im Uhrenkasten aufhielt. Und warum bist du heute mitgefahren?«

»Ich hörte, was er zu dir gesagt. Ich Angst um dich und ...«

»Und da bist du unter die Persenning gekrochen, um mir zu helfen. Vielen Dank, Dummy. Menschenskind, Herr Marvel muß einen Schrecken bekommen haben, als du dich auf ihn stürztest. Schade, daß er nicht ins Wasser gefallen ist. Jetzt ist er uns beide los, hat die Dokumente und ...«

Dummy griff mit einer Hand in sein Hemd und zog etwas hervor. »Dokumente«, sagte er, »ich sie haben!«

»Dummy!« schrie Barny. »Das sind ja die Pläne, das Päckchen, das der Mann mir gegeben hat! Wie hast du das nur fertiggebracht!«

»Er hat sie in Tasche gepackt, ganz nahe bei mir, ich Tasche aufgemacht und Päckchen genommen.«

»Oh, Dummy, du bist ein Wunder! Nun hat er wenigstens die Papiere nicht. Nun war für ihn alles umsonst.«

Miranda steckte den Kopf aus dem Hemd, und Dummy strich ihr zärtlich über das Fell. »Wir sehr lange hierbleiben?« fragte er.

»Bis jemand kommt und uns mitnimmt«, sagte Barny leise.

»Verflixt, der Wind ist kalt, ich friere. Komm, ich weiß eine kleine Höhle nahe am Strudel, dort ist es geschützt. Wenn wir doch nur ein Boot hätten!«

Sie gingen zurück bis beinahe an den Strudel. »Wir wollen ihn uns im Mondschein ansehen«, sagte Barny, »das Wasser wird wahrscheinlich sehr niedrig sein, es ist immer noch Ebbe.«

Er hatte recht. Viel tiefer als damals quirlte und brodelte es in dem Trichter, und alles sah noch unheimlicher aus im fahlen Licht des Mondes.

Plötzlich zeigte Dummy auf den gegenüberliegenden Felsen. »Loch da, sehr großes.«

»Ja«, sagte Barny, »jetzt kann man es sehen. Es ist der Eingang zu dem Tunnel, der zum Luftloch führt.«

Aber davon hatte Dummy noch nie etwas gehört, und er schüttelte den Kopf.

Barny starrte hinüber auf die schwarze Öffnung und dachte an die Geschichte, die der Fischer erzählt hatte.

Ob etwas Wahres daran war? Ob man wirklich bei Ebbe durch den Gang kriechen konnte?

»Dummy«, flüsterte er, »ich gehe hinunter zu diesem Loch im Felsen. Durch das Luftloch können wir uns an Land retten.«

»Nein«, sagte Dummy, »nein.«

»Hör zu, vielleicht ist es eine Möglichkeit, Herrn Marvel noch zu erwischen. Vielleicht glaubt er, er braucht sich mit der Flucht nicht so zu beeilen, weil ich der einzige bin, der alles weiß, und hier festsitze. Ich muß es einfach versuchen. Du kannst hierbleiben, und wenn ich wirklich durchkomme, schicke ich dir sofort ein Boot.«

»Ich gehen auch, ich dich nicht alleine lassen.«

»Oh, Dummy«, sagte Barny, »vielen Dank!« Und er dachte voller Beschämung daran, daß er ihn jemals verdächtigt hatte. »Wir müssen sofort gehen, damit die Flut uns nicht überrascht. Denn wenn das Wasser erst in den Gang strömt, könnte es ein bißchen unangenehm für uns werden.«

Leichtfüßig wie eine Katze sprang er vom Felsen, und Dummy sah zu, wie er vor dem Eingang stand und darin verschwand.

Und einen Augenblick später folgte er ihm, ein bißchen ungeschickt und schwerfällig, und beinahe hätte er das Gleichgewicht verloren. Entsetzt starrte er in das brodelnde, schäumende Wasser unter sich.

Er zwängte sich hastig in den Tunnel. »Barny!« schrie er, von plötzlicher Angst gepackt. »Barny!«

»Hier bin ich, hier, ganz dicht vor dir. Miranda ist schon vorangelaufen, sie kann in der Dunkelheit besser sehen als wir. Taste dich an der Wand entlang, sonst stößt du dich an den vorspringenden Felsen.«

Barny versuchte, möglichst zuversichtlich zu wirken, zuversichtlicher, als er war. Es war ein schrecklicher, enger, nasser

Tunnel, und sie mußten tief gebückt gehen. Miranda lief ständig ein Stück voraus, kam aber immer wieder zurück, um sich zu vergewissern, daß Barny noch da sei. Sie schien gar keine Angst zu haben.

Unter großen Schwierigkeiten arbeiteten sie sich voran. Manchmal wurde der Tunnel so eng, daß sie sich kaum noch hindurchzwängen konnten. Dann befiel Barny jedesmal eine panische Angst, daß er plötzlich ganz aufhören könne. Wenn sie umkehren mußten, würden sie nicht mehr hinausgelangen, ehe die Flut kam. Sie würden hier ertrinken, oder das Wasser würde sie, wenn es zurückflutete, in den Strudel reißen!

Bei diesem Gedanken brach Barny der Schweiß aus allen Poren, und er versuchte, noch schneller voranzukommen.

»Warte, Dummy!« schrie er plötzlich. »Die Decke ist hier so niedrig, daß wir kriechen müssen. Hoffentlich bleibt es nicht lange so, sonst ersticke ich!«

Ja, die Decke war nun so tief, daß sie sich nur noch, dicht an den Boden gepreßt, vorwärtsschieben konnten. Barny hoffte inbrünstig, daß sie nicht noch niedriger würde. Warum nur hatte er an die Geschichte des Fischers geglaubt? Sicher war sie ein Märchen. Er konnte sich nicht mehr vorstellen, daß sie jemals wieder aus diesem schrecklichen Gang ans Tageslicht gelangen würden.

Aber dann wurde er wieder höher und breiter. Erleichtert stand Barny auf, und gleich darauf schrie Dummy: »Wasser! Wasser kommt!«

XXVIII

Frau Plump wartet

Wasser! Das bedeutete, daß die Flut eingesetzt hatte. Es würde schnell steigen, und schon jetzt überschwemmte es einen Teil des Ganges. Zurück konnten sie nun nicht mehr. Sie mußten versuchen, ihm zu entfliehen.

Barny hastete weiter und stieß sich an den vorspringenden Felsen. Und da kam es zum zweiten Male!

»Halte dich hinter mir, Dummy«, schrie er, »damit wir uns gegenseitig helfen können.«

Das Wasser ging wieder zurück. Die Flut war noch nicht hoch genug, um den ganzen Tunnel zu überschwemmen. Aber jeden

Augenblick konnte es soweit sein. Eine große Welle konnte hereinstürzen, und dann würden sie ertrinken.

»Hier wird es breiter«, keuchte Barny, »wir können schneller gehen. Ich bin so müde. Bist du da, Dummy?«

»Ja, ich sein da«, kam Dummys verängstigte Stimme. »Ich Wasser hören, kommt wieder.«

Dieses Mal überholte es sie ein Stück und ging dann von neuem zurück. Barny stolperte weiter, und dann plötzlich sah er eine Öffnung über sich in der Decke. Das mußte das Luftloch sein! Dem Himmel sei Dank!

In diesem Augenblick schrie Dummy: »Große Welle, Barny!« Sie hatte solche Gewalt, daß sie beinahe zu Boden gerissen wurden. Dummy wurde gegen Barny geschleudert, klammerte sich an ihn, und Miranda rettete sich gerade noch auf seine Schulter.

»Los, wir müssen hier 'raus, sonst ist es zu spät!« Barny zog sich zu der Öffnung hinauf, sie war groß genug, um bequem hindurchzukommen.

Erschöpft ließ er sich auf den Felsen sinken.

Plötzlich kam ein gellender Schrei aus dem Tunnel und das Rauschen des Wassers. Es war die erste mächtige Welle, die das Luftloch erreichte.

Barny saß wie erstarrt. Und dann schoß aus der Öffnung eine Fontäne mit ungeheurer Macht steil in die Höhe. Und mit ihr kam Dummy! Wie ein Ball wurde er in die Luft geschleudert und fiel schreiend vor Angst und Entsetzen neben ihm nieder.

»Ich tot, ich ertrunken«, schluchzte er.

»Aber es ist doch alles gut. Wir sind gerettet, hörst du? Gerettet! Wir haben ein unheimliches Glück gehabt. Ich glaube, du bist der erste, der aus einem Luftloch geschleudert wurde. Dir ist doch nichts passiert, nicht wahr? Dir ist doch nichts passiert?«

Nein, unbegreiflicherweise war Dummy nichts geschehen. Doch er war völlig verstört, weinte und zitterte, und Barny legte den Arm tröstend um ihn.

»Wir gehen jetzt zurück ins Gasthaus, da essen und trinken wir etwas und fühlen uns dann wieder großartig.«

»Barny gut«, sagte Dummy und beruhigte sich allmählich. Barny lächelte schwach. Was für eine Nacht! Welch große Hoffnungen hatte er gehabt! Und nun saß er hier, und Dummy schluchzte an seiner Schulter, und er mußte ihm Mut zusprechen.

Er stand auf, und seine Knie waren ganz weich. »Komm«, sagte er, »wir wollen gehen.«

Dummy folgte ihm wie ein kleiner Hund. Barny wußte ungefähr, wo sie sich befanden. Ein Stück landeinwärts würden sie auf einen Weg stoßen, der zum Gasthaus führte.

Das Luftloch war jetzt in voller Tätigkeit. Riesige Fontänen schossen in regelmäßigen Abständen daraus hervor. ›Entsetzlich!‹ dachte Barny. ›Entsetzlich, wenn wir mitten im Tunnel vom Wasser überrascht worden wären!‹

Sie gingen den kleinen Pfad entlang, dcn die vielen Gäste, die die Sehenswürdigkeit aus der Nähe bewundern wollten, mit der Zeit ausgetreten hatten.

Und dann standen sie endlich vor dem Gasthaus.

»Weißt du eine Tür, die offen ist?« flüsterte Barny. »Aus welcher bist du gestern abend gegangen?«

Dummy kannte eine kaum benutzte Gartenpforte, die in einen schmalen Gang führte. Schweigend gingen sie weiter. Miranda war unter Barnys Hemd gekrochen und versuchte, ein bißchen zu schlafen.

»Und was wollen wir nun machen?« überlegte Barny. »Zuerst die Polizei anrufen? Verflixt, was ist denn das nun wieder?«

Sie standen jetzt in der Küche, um vorher noch etwas zu essen, denn sie waren sehr hungrig. In dem teilweise vom Mondlicht erhellten Raum sah Barny einen riesigen schwarzen Schatten vor der Speisekammer. Dort stand jemand! Er hörte ein leises ›Klick‹, und alles war in Helligkeit getaucht.

»Darf ich fragen, was das bedeuten soll?« sagte Frau Plump.

»Wolltest wohl wieder meine Speisekammer plündern, was? Und du, Dummy, wo hast du dich die ganze Zeit 'rumgetrieben? Ich hätte nicht übel Lust, die Polizei zu rufen. Ich habe heute nacht hier auf den Dieb gewartet, und ich wußte, daß ich ihn erwischen würde, früher oder später. Schämst du dich nicht, Barny? Was werden deine Freunde sagen? Und was ...«

Barny unterbrach sie verzweifelt. »Ich muß die Polizei selber anrufen. Herr Marvel muß festgenommen werden. Er ist ein Spion! Lassen Sie mich Fräulein Pfeffer holen, sie wird Ihnen sagen, daß ich weder stehle noch lüge.«

»Fräulein Pfeffer soll ich holen?« sagte Frau Plump langsam. »Nun gut, wenn du es willst, nun gut.« Und nach einer Pause fügte sie hinzu: »Oder warte, es ist besser, wir gehen zu ihm. Und merk dir eins, wenn du mich angelogen hast, hast du die Polizei sofort auf dem Hals.« Sie schüttelte den Kopf. »Und das alles in meinem anständigen Gasthaus.«

»Zu wem wollen wir gehen?« fragte Barny verwirrt.

»Na, zu dem Professor«, brummte Frau Plump.

Barny war sprachlos. Warum gerade zu dem? »Nein, nein!« rief er. »Ich muß selber anrufen! Ich muß auf der Stelle die Polizei verständigen!«

Aber Frau Plump ließ sich nicht beirren. Sie walzte aus der Küche und schob die beiden vor sich her, naß wie sie waren, die Treppe hinauf. Und gleich darauf klopfte sie an eine Tür.

»Herein«, hörten sie eine tiefe Stimme, und das Licht wurde angeschaltet. Zu Barnys Erstaunen hatte der Professor angezogen im Dunkeln in einem Sessel gesessen. Warum nur?

»Diese beiden hier sind eben klitschnaß nach Hause gekommen und haben lauter wirres Zeug über Herrn Marvel erzählt«, erklärte Frau Plump. »Sie wollten die Polizei anrufen, und da habe ich gedacht, es wäre das beste, ich bringe sie zu Ihnen.«

»Aber was soll denn das für einen Sinn haben?« rief Barny. »Was hat der Professor denn damit zu tun? Wir haben ihn übrigens öfter beobachtet, wie er sich reichlich seltsam benahm. Ich will die Polizei sprechen. Ich werde niemandem erzählen, was heute nacht passiert ist! Vor allen Dingen ist es nötig, daß Herr Marvel festgenommen wird, bevor er verschwindet!«

»Was weißt du von ihm?« sagte der alte Mann plötzlich mit so scharfer Stimme, daß Barny erschrocken zusammenfuhr. Er betrachtete ihn voller Mißtrauen.

»Hör zu, mein Junge«, fuhr der Alte fort, »du kannst dich auf mich verlassen. Ich arbeite für die Polizei. Frau Plump kann es bestätigen. Ich soll hier einige rätselhafte Vorkommnisse untersuchen. Es ist deine Pflicht, mir zu sagen, was du weißt.«

»So«, sagte Barny, »so etwas Ähnliches hat Herr Marvel uns auch erzählt, nämlich, daß er beim Geheimdienst wäre. Er sagte, Sie würden verdächtigt und beobachtet. Und ihm haben wir die Papiere abgenommen, die er gestohlen hatte. Ich denke nicht daran ...«

»Wo sind sie?« schrie der Professor, und plötzlich schien er um Jahre jünger. Barny sah ihn fassungslos an.

»Hier«, sagte er und legte das Päckchen zögernd auf den Tisch. Der Professor stürzte sich darauf, riß die wasserdichte Hülle ab und zog ein zusammengefaltetes Dokument heraus. Hastig öffnete er es und starrte darauf. Dann stieß er einen tiefen Seufzer der Erleichterung aus und sank zurück in seinen Stuhl.

»Unsere neuesten Pläne«, murmelte er. »Für eine Kopie wird ein Vermögen gezahlt. Und wir wußten, daß sie kopiert worden sind und daß die Bande nur darauf wartete, sie aus dem Hafen zu schmuggeln. Junge, du weißt gar nicht, was es für uns bedeutet, daß wir die Papiere wiederhaben. Wie, um alles in der Welt, bist du nur in ihren Besitz gelangt?«

»Das ist eine seltsame Geschichte«, sagte Barny. »Könnten Sie nicht zuerst Herrn Marvel verhaften, damit er sich nicht noch aus dem Staub macht?«

»Da kannst du ganz unbesorgt sein, der sitzt sicher. Wir haben gesehen, wie er heute nacht mit einem Boot zurückkam. Und vorsichtshalber steht jetzt ein Mann zu seiner Bewachung draußen auf dem Dach und einer auf der Galerie vor seiner Tür. Er kann auf keinen Fall entkommen. Wir wußten, daß er mit der Sache zu tun hat, und nun haben wir den Beweis und können endlich gegen ihn vorgehen. Und wie ist es mit deiner Geschichte? Willst du sie mir erzählen, oder wollen wir erst die Polizei dazu holen, damit du siehst, daß du mir wirklich trauen kannst?«

Barny lächelte verlegen. »Ich glaube Ihnen. Aber ich bin so betrogen worden, daß ich so leicht niemandem mehr vertraue. Übrigens, waren Sie es, der in der Nacht Stubs mit der Taschenlampe angeleuchtet hat, als er aus der alten Uhr herauskam?«

»Ja, das war ich. Ich habe genau wie Dummy und Stubs ein bißchen herumgeschnüffelt. So, so, in der Uhr hatte der Kleine sich also versteckt. Dieser Junge! Und ich konnte mir gar nicht erklären, wo er geblieben war.«

Währenddessen beobachtete Frau Plump mit steigender Besorgnis, wie Barny und Dummy vor Kälte zitterten. »Herr Professor«, begann sie, »was halten Sie davon, wenn wir in die Küche gingen und ich ein ordentliches Feuer machte? Die beiden da frieren nämlich. Sie müssen unbedingt etwas Warmes in den Leib kriegen.«

»Also, dann 'runter mit euch, ich könnte auch etwas Heißes vertragen.«

Sie gingen alle zusammen. Frau Plump gab Barny und Dummy jedem eine Decke, und sie wickelten sich hinein, während ihre Sachen am Herd trockneten. Dann stellte sie einen Topf mit Milch auf das Feuer und holte eine Fleischpastete aus der Speisekammer.

»Sehr schön«, nickte der Professor und betrachtete die Pastete wohlgefällig. »Und während wir uns die da zu Gemüte führen, kannst du erzählen, Barny!«

XXIX

Stubs gibt Hinweise

Es war eine seltsame Stunde, die sie alle in der warmen Küche verbrachten. Barny erzählte und erzählte, und sogar Dummy sagte ab und zu ein paar Worte, obwohl er sich noch immer ein wenig vor dem Professor fürchtete.

»Da habt ihr ja eine ganze Menge herausbekommen«, sagte der anerkennend. »Aber diese Ausflüge auf das Dach waren doch recht gefährlich. Und mich habt ihr also für einen Schurken gehalten?«

»Nicht richtig«, sagte Barny verlegen. »Es tut mir leid, daß wir Sie verdächtigt haben. Aber Sie waren in der Nacht damals nicht in Ihrem Zimmer, und dann hatten wir herausbekommen, daß Sie auch gar nicht taub waren. So kam eins zum anderen. Wissen Sie eigentlich, wer den Schlüssel zu der Tür genommen hat?«

»Marvel natürlich. Als er merkte, daß ihr da oben herumgeistert, nahm er ihn an sich. Aber ein guter Zauberer ist er, das muß man ihm lassen. In der Nummer, in der er die langen Zahlenreihen erriet, gab er übrigens an einen anderen Spion, der unter den Zuschauern saß, chiffrierte Meldungen weiter. Jede Zahl bedeutete eine andere Silbe, und auf diese Weise gelangten die Nachrichten in den Hafen.«

Barny nickte. »Ja, die Karten waren gekennzeichnet, und ich hielt immer nur die hoch, die er ausgesucht hatte. Aber dabei habe ich mir nichts gedacht, denn das macht man schließlich überall so.«

»Er chiffrierte die Meldungen selber, und damit wird er wohl damals gerade beschäftigt gewesen sein, als Stubs zu ihm hereinkam. Geben Sie mir noch ein Stückchen Pastete, Frau Plump? Sie ist ausgezeichnet. Und nun, mein Junge, und du, Dummy, ihr werdet sehr müde sein, nachdem ihr so viel Schreckliches in dieser Nacht erlebt habt. Ihr wart beide sehr tapfer, das muß ich sagen. Und daß du, Barny, so enttäuscht wurdest, tut mir sehr leid. Aber ich denke, du wirst weiter versuchen, deinen Vater zu finden, nicht wahr?«

»Nein«, sagte Barny, »das tue ich nicht. Eine Enttäuschung ist genug. Ich möchte auch nicht mehr darüber sprechen. Ich bin nur froh, daß dieser Kerl nicht mein Vater war.«

»Kannst du mir den Mann beschreiben?«

»Nicht sehr genau. Der Mond war fast immer hinter den Wolken verschwunden. Es war ein großer, starker Bursche mit schwarzem, lockigem Haar, weiter weiß ich nichts. Das kann Ihnen sicher nicht viel nützen, nehme ich an.«

»Möglicherweise doch«, nickte der Professor und machte sich eine Notiz.

»Und was wird Herr Marvel wohl sagen, wenn er entdeckt, daß die Papiere weg sind?«

»Er wird außer sich sein, denke ich. Und was wird er erst für ein Gesicht machen, wenn er dich und Dummy sieht. Wenn er euch hier vermutete, würde er wohl nicht so friedlich schlafen.«

»Darf ich Dina, Robert und Stubs alles sagen?« fragte Barny.

»Nicht vor morgen, dann, hoffe ich, wird diese Angelegenheit erledigt sein. Und nun geht, ihr beiden, und schlaft. Ihr habt endlich Ruhe verdient.«

Barny sagte: »Gute Nacht!« Dummy aber, der vor dem Herd saß, war schon halb eingeschlafen und hörte es nicht mehr. Frau Plump war sehr froh, ihn wiederzuhaben, und sie nahm sich vor, kein Wort mehr darüber zu verlieren, daß er sich im Keller versteckt und sich nachts über ihre Vorräte hergemacht hatte.

Am nächsten Morgen wurden Robert und Stubs durch plötzlichen Lärm auf der Galerie geweckt, Rufen und Schreien und wenig später ein Poltern, als rolle jemand die Treppe hinunter.

Die Jungen sprangen aus dem Bett und rannten mit Lümmel zusammen hinaus. Unten auf der Treppe setzte sich Herr Marvel verzweifelt gegen zwei Polizisten zur Wehr. Er hatte entdeckt, daß die Dokumente verschwunden waren, war aus der Tür gestürzt, um noch einmal im Boot zu suchen, und seinen beiden Bewachern geradewegs in die Arme gelaufen.

Die hatten ihn höflich aufgefordert, wieder in sein Zimmer zurückzukehren, doch das wollte der Zauberer verständlicherweise ungern. Und so war es zu einer lebhaften Auseinandersetzung gekommen, in deren Verlauf alle drei die Treppe hinabrollten.

Einen Augenblick später kam Barny aus der Küche gerannt. Und plötzlich sah Herr Marvel ihn.

Er starrte ihn an. Das war doch nicht möglich? Er hatte ihn doch auf dem Felsen am Strudel zurückgelassen! Vernichtet sank er auf einen Stuhl.

»Wo kommst du her?« fragte er leise.

»Aus der Küche«, sagte Barny, »haben Sie etwas verloren, Herr Marvel?«

Bei diesen Worten begriff der Zauberer, daß man ihm die Papiere genommen hatte. Er gab auf und ließ sich ohne Widerstand abführen.

»He, Barny, was ist denn los?« schrie Stubs. »Warum holen sie denn den und nicht den Professor? Und wie war es heute nacht? Und was ist mit deinem Vater?«

»So viele Fragen auf einmal kann ich nicht beantworten. Nach dem Frühstück werde ich euch alles erzählen.« Barny nickte ihm zu und lief davon.

Niemand sah Herrn Marvel wieder. Im Gasthaus herrschte überall Entsetzen darüber, daß er ein Spion war.

Iris Nachtigall wurde blaß. »Ich habe ihn nie gemocht«, sagte sie endlich.

Der Clown lachte den ganzen Tag nicht ein einziges Mal.

Fräulein Trill aber sank in einen Stuhl und hauchte, sie würde auf der Stelle ohnmächtig und sie hätte sofort, sofort gespürt, daß dieser Mann etwas anderes war, als er schien. Da sich aber niemand für ihr Geschwätz interessierte, zog sie es vor, nicht ohnmächtig zu werden und mit offenem Munde zuzuhören.

Die Kinder konnten es kaum fassen, daß Barny etwas so Entsetzliches erleben mußte. »Oh, das ist schrecklich«, flüsterte Dina. »Durch diesen engen Tunnel, und immer die Angst vor dem Wasser! Oh, es ist schrecklich!«

»Toll!« schrie Stubs. »Ich wollte, ich wäre dabeigewesen.« Und dann fügte er leise hinzu: »Nur das mit deinem Vater tut mir leid.«

»Mir auch«, sagte Robert, »dieser gemeine Kerl! Aber gib die Hoffnung nicht auf, wir suchen alle weiter.«

Barny schüttelte den Kopf. »Ach, das hat doch keinen Zweck, und ich mag auch nicht mehr. Erst die Freude, ihn endlich gefunden zu haben, und dann die Enttäuschung, nein! Und bitte, sprecht nicht mehr davon. Nie wieder, hört ihr!«

»Aber Barny!« rief Dina.

»Nein, nein, ich meine es ernst. Es war nur ein dummer Traum. Ich bin all die Jahr allein zurechtgekommen, warum sollte es nicht auch weiter so gehen?«

»Also gut«, sagten die drei leise. Wenn er es so wollte. Und im Grunde verstanden sie ihn, es mußte schrecklich sein, so betrogen zu werden.

»Wie sah der Kerl eigentlich aus, der dir das Päckchen gab?« fragte Robert plötzlich.

Barny zuckte die Schultern. »Viel habe ich nicht von ihm gesehen. Ich glaube, der Professor war darüber sehr enttäuscht. Hätte ich ihn genau beschreiben können, säße er jetzt bestimmt schon hinter Schloß und Riegel. Alles, was ich weiß, ist, daß er groß war und dunkles, gelocktes Haar hatte. Aber halt, jetzt fällt mir etwas ein! Komisch, daß ich nicht mehr daran gedacht habe. Der kleine Finger an der einen Hand war verkrüppelt.«

Stubs stieß einen Schrei aus. »Was sagst du? Ein verkrüppelter kleiner Finger? Dann kann ich dir die genaue Beschreibung dieses Kerls liefern!« schrie er triumphierend.

Er kniff die Augen fest zusammen und sah den Matrosen vor sich, der mit ihm im Zug nach Rockypool gesessen hatte.

»Paßt auf. Ein glattrasierter, breitschultriger Bursche, schwarzhaarig. Ein großes Mal am Kinn, schmaler Mund, gebogene Nase, stark geschwungene Brauen und auffallend helle Augen und an der linken Hand ein verkrüppelter kleiner Finger.« Er riß den Mund auf und schrie: »So, und wenn die Polizei diesen Verräter nun nicht schnappt, dann kann sie mir leid tun!«

XXX

Was wollen wir mehr?

»Sicher kann sie ihn nun finden«, sagte jemand belustigt hinter ihnen. »Und woher weißt du das alles, junger Mann?«

Sie fuhren herum. Es war der Professor. Aber war er es auch wirklich? Mindestens um zwanzig Jahre jünger sah er aus. Und seine Haare waren braun statt grau.

Er lachte über ihre erstaunten Gesichter. »Jetzt bin ich wieder ich selber. War eine gute Verkleidung, wie? Aber ich habe immer einen Heidenrespekt vor euch vieren gehabt und davor, daß ihr meine Maskerade durchschauen könntet. Und hätte ich eine Perücke getragen, wäre ich nicht sicher gewesen, daß ihr sie mir eines Tages vom Kopfe gerissen und mich entlarvt hättet. Und wie ist das nun, Stubs, mit dem Mann und dem verkrüppelten kleinen Finger? Wenn deine Beschreibung stimmt, werden wir ihn bald haben.«

»Klar stimmt sie«, schrie Stubs. »Als ich ihn sah, hatte er eine Marineuniform an. Ich habe ihn ganz genau unter die Lupe genommen, sage mir immer, wer weiß, wozu es noch einmal gut ist. Und nun machen Sie ihn ausfindig, und erzählen Sie ihm, Barny würde ihn auf der Stelle wiedererkennen. Bluffen Sie nur, dann wird er schon klein beigeben.«

»In Ordnung«, grinste der Professor. »Ich werde deine Anweisungen genauestens befolgen und deine Informationen sofort telefonisch weitergeben.«

Und draußen war er. »Toll, was?« brummte Stubs. »Der hat sich mächtig 'rausgemacht! Diese straffe Haltung, dieser feurige Blick, diese gesunde Bräune! Und was hat er bloß mit seinen Haaren angestellt? Erst gefärbt und dann in Entfärbungsmittel getaucht? Tolle Idee! Übrigens würde ich mich gar nicht wundern, wenn die Triller auch ein verkappter Polizist wäre. So, und jetzt gehe ich zu Dummy«, verkündete er. »Ich habe immer gewußt, daß er ein prima Kerl ist, und das werde ich ihm jetzt sagen!«

Er lief davon und fand Dummy im Hof, wo er auf einer Kiste saß und Kartoffeln schälte.

Er streckte ihm feierlich die Hand entgegen. »Du bist tapfer und gut! Lümmel, gib Pfote! Und nun drei Beller für unseren Dummy! Los, wuff, wuff, wuff!«

Lümmel gehorchte augenblicklich, und Dummy war sehr gerührt und klopfte Stubs' Arm.

»Du guter Junge, lustiger Junge, guter Freund von Barny.«

Stubs grinste verlegen. »Ist diese Geschichte mit seinem Vater nicht scheußlich? Er sagt, nun hat er es aufgegeben, ihn zu finden. Er will nicht mehr suchen. Du weißt doch, daß er dachte, er würde ihn gestern nacht treffen?«

»Vater?« fragte Dummy verwirrt. »Barny Mutter, keinen Vater.«

»Du kanntest Barnys Mutter, nicht wahr? Wie sah sie aus? Hat sie dir von seinem Vater erzählt?«

Dummy runzelte die Stirn und versuchte, sich zu erinnern. »Ich nachdenken«, sagte er langsam, »du Banjo spielen, dann ich besser denken.«

Stubs begriff sofort, was er meinte. Damals, als er zusammen mit Barnys Mutter beim Zirkus war, hatte er selber Banjo gespielt, und sein Klang würde ihm helfen, sich zu erinnern.

Stubs begann, sein unsichtbares Banjo zu zupfen. Leise ahmte er die Töne nach, und Dummy saß in Gedanken verloren.

»Sie so gut zu mir«, begann er endlich. »Sie mir erzählen ihren Kummer, ich ihr erzählen meinen. Manchmal sie gesprochen von Vater.«

»Hat sie dir gesagt, wie er heißt?« fragte Stubs atemlos und unterbrach sein Spiel für einen Augenblick.

»Er auch heißen Barnabas«, sagte Dummy und strahlte, weil er sich nun tatsächlich erinnerte. »Barnabas Frederick Martin. Wie oft sie das gesagt.«

»Weißt du, wie er aussah?«

Dummy schüttelte den Kopf.

»Hast du ihn denn nie gesehen?«

»Nein.«

»Weißt du, wo er wohnt?«

Nach jeder in beinahe beschwörendem Ton hervorgebrachten Frage bearbeitete Stubs sein unsichtbares Instrument mit immer wilderem Eifer.

»Er Haus, schönes Haus, sie gesagt«, brachte Dummy mühsam hervor, »schönes Haus in Cherrydale. Seine Mutter böse, weil Zirkusmädchen geheiratet. Nicht nett zu arme Tessy. Deshalb sie weggegangen, weit, weit weg.«

Stubs atmete tief auf. Jetzt kamen sie der Sache schon näher.

Nun würden sie Barnys Vater finden, bestimmt! Wer hätte je gedacht, daß gerade der alte Dummy ihnen helfen konnte.

»Dummy!« rief jemand, und der fuhr hoch. Er wurde so plötzlich aus seinen Erinnerungen gerissen und in die Gegenwart zurückversetzt, daß er einen Augenblick lang ganz verstört aussah. »He, Dummy«, rief der junge Kellner, der aus der Küche gelaufen kam. »Wo hast du die Staubtücher gelassen? Hast du sie etwa verschluckt?«

Stubs wußte, daß er nun nichts mehr erfahren würde. Dummys Blick war, wie so oft, besorgt und unruhig geworden, und das bedeutete, daß er von jetzt an auf keine Frage mehr antworten würde. Aber er hatte genug gehört. Sein erster Gedanke war der, geradewegs zu Barny zu gehen, um ihm alles zu erzählen.

Aber dann überlegte er, daß Barny vielleicht gar nichts davon wissen wollte. Er hatte gerade diese scheußliche Sache erleben müssen. Besser, man erfuhr erst Genaueres. Wie wär's, wenn man Fräulein Pfeffer einweihte und um Rat fragte? Manchmal konnten Erwachsene, besonders bei schwierigen Unternehmungen, ganz nützlich sein.

Die alte Erzieherin lauschte seinem Bericht mit gespannter Aufmerksamkeit und wachsender Erregung.

»Cherrydale«, sagte sie nach einiger Überlegung, »Cherrydale, eine meiner Freundinnen wohnt ganz in der Nähe. Ich werde sofort anrufen und sie fragen, ob es dort eine Familie Martin gab oder noch gibt. Oh, Kind, es wäre zu schön, wenn es sich so verhielte!«

Es dauerte ungefähr eine halbe Stunde, bis sie festgestellt hatte, daß in Cherrydale tatsächlich eine Familie Martin ansässig war. Die alte Frau Martin und ihr Mann, der Sohn Barnabas, eine unverheiratete Tochter, Katherina, und ein verheirateter Sohn mit vier Kindern.

»Toll!« schrie Stubs. »Dann hat Barny ja nicht nur einen Vater, sondern auch Großeltern und einen Onkel und eine Tante und Vettern und Kusinen! Ist das nicht einfach supertoll? Und was machen wir jetzt?«

»Überlaß es am besten mir«, sagte Fräulein Pfeffer, und ihre Augen zwinkerten heftiger denn je hinter den dicken Brillengläsern. »Und bitte, kein Wort darüber zu Barny, denn eine nochmalige Enttäuschung wäre zuviel für ihn.«

Und so überließ Stubs alles der alten Erzieherin. Ohne daß Barny etwas erfuhr, setzte diese sich mit den Martins in Verbindung, und schon vier Tage später rief sie die drei zu sich in ihr Zimmer.

»Ich habe Neuigkeiten für euch«, begann sie mit bebender Stimme, »Barnys Vater kommt heute nach Rubadub! Er möchte ihn sehen, um Gewißheit zu haben, daß er wirklich sein Sohn ist, von dem er ja bis jetzt nichts wußte. Oh, Kinder, ich habe eine Fotografie von ihm zu Gesicht bekommen, ihr glaubt gar nicht, wie ähnlich sich die beiden sehen!«

Dina strahlte. »Was wird er nur sagen! Wann kommt sein Vater?«

»Heute nachmittag. Ihr werdet dann mit Barny am Strand sein, und ich werde seinen Vater zu euch schicken, sowie er ankommt. Ihr drei geht dann ein Stück spazieren, mit Lümmel natürlich. Stört sie nicht. Ich kann mich doch auf euch verlassen?«

»Klar«, schrien die Kinder, »klar!«

Am Nachmittag lagen sie am Strand. Miranda schaufelte mit ihrem kleinen Spaten im Sand, und Lümmel wartete geduldig darauf, daß sie ihn später liegenlassen würde und er ihn schnappen konnte.

Dina starrte unentwegt auf die Promenade, und plötzlich stieß sie Robert an.

Ein Mann stand dort drüben. Er war groß und schlank, und sein dichtes, weizenblondes Haar leuchtete in der Sonne. Seine

Augen waren strahlend blau, lagen seltsam weit auseinander, und sein Gesicht war tiefbraun.

Ein erwachsener Barny! Er stand dort und sah zu ihnen hinüber. Die drei schlichen davon, und Lümmel trottete, erstaunt über diesen plötzlichen heimlichen Aufbruch, hinterher.

Der Mann sprang auf den Strand herunter und kam direkt auf Barny zu. Der war aufgestanden und sah ihm entgegen. Er starrte den Näherkommenden ungläubig an. Er sah ja genauso aus wie er selber! Wer war er? Was wollte er?

»Du heißt Barnabas, nicht wahr?« fragte der Mann.

Barny nickte.

Der Mann lächelte. »So heiße ich auch. Ich suche meinen Sohn, und ich habe gehört, daß auch du mich suchst.«

»Ja«, flüsterte Barny, »ja. Sind Sie, bist du wirklich mein Vater?«

»Dein Vater, so wie du mein Sohn bist«, sagte der Mann. »Und du hast ein Äffchen«, fügte er dann hinzu, »wie seltsam!«

»Warum seltsam?« fragte Barny und streichelte Miranda, die auf seiner Schulter saß.

»Weil deine Großmutter auch eins hat. Wie wird sie sich über dich, ihren neuen Enkel, freuen, und deine Tanten und Onkel über den neuen Neffen und deine Vettern und Kusinen, daß ich einen Sohn und sie einen neuen Vetter bekommen.«

Miranda sprang plötzlich mit aufgeregtem Schnattern auf des Mannes Schulter.

»Komm, wir wollen ein Stück gehen«, sagte er und nahm Barnys Arm. »Du mußt mir alles erzählen, fünfzehn Jahre, das ist eine lange Zeit! Wir haben viel nachzuholen!«

Sie gingen davon, Miranda noch immer auf demselben Platz. Die Kinder sahen ihnen nach, wie sich die beiden weiter und weiter entfernten.

Kinderbücher ab 8

Die große Erfolgsreihe von

Die »RÄTSEL«-Serie bei OMNIBUS

Wer kennt es nicht, dieses herrliche Gefühl, wenn die Ferien endlich beginnen? Stubs, Dina, Robert und Barny, die Freunde aus der »Rätsel«-Reihe, können es jedesmal kaum erwarten, sich wieder zu treffen.
Ob Oster-, Sommer-, Herbst- oder Weihnachtsferien – ihnen ist nicht nach Faulenzen zumute, denn aufregende, spannende und manchmal auch komische Abenteuer sind zu jeder Jahreszeit zu bestehen.

Band 1   OMNIBUS Nr. 20188
Rätsel um das verlassene Haus

Band 2   OMNIBUS Nr. 20189
Rätsel um die grüne Hand

Band 3   OMNIBUS Nr. 20190
Rätsel um den unterirdischen Gang

Band 4   OMNIBUS Nr. 20191
Rätsel um den geheimen Hafen

Band 5   OMNIBUS Nr. 20192
Rätsel um den wandelnden Schneemann

Band 6   OMNIBUS Nr. 20193
Rätsel um die verbotene Höhle

Band 7   OMNIBUS Nr. 20194
Rätsel um den tiefen Keller

**Der Taschenbuchverlag
für Kinder und Jugendliche
von C. Bertelsmann**

Enid Blyton

Neu für »Fünf Freunde«-Fans:

Die »**Fünf Freunde und Du**«-
Abenteuer-Spielbücher

In diesen Rollenspielbüchern entdeckst du nicht nur die ursprüngliche spannende Geschichte, sondern kannst mit Anne, Georg, Richard, Julius und Tim, dem Hund, zahlreiche abenteuerliche Varianten ausprobieren und erleben. Die Haupthandlung entspricht der des Original-Fünf-Freunde-Buches, wird aber durch zahlreiche Nebenhandlungen unterbrochen, die dich und die fünf in die Irre führen. Am Ende vieler Abschnitte stehen die fünf Freunde vor einer Entscheidung. Entscheide du für sie, finde den kürzesten Weg und folge keiner falschen Fährte! Machst du mit? Spannende Abenteuer warten auf dich!

Band 1   OMNIBUS Nr. 20218
**Fünf Freunde und Du
erforschen die Schatzinsel**

Band 2   OMNIBUS Nr. 20227
**Fünf Freunde und Du
auf neuen Abenteuern**

Band 3   OMNIBUS Nr. 20233
**Fünf Freunde und Du
auf geheimnisvollen Spuren**

Weitere Titel sind in Vorbereitung.

OMNIBUS

Der Taschenbuchverlag für Kinder und Jugendliche
von C. Bertelsmann